3個問號偵探團

4

鯊魚島

文 波里斯·菲佛
圖 阿力
譯 洪清怡

企劃緣起

現在，開始讀少兒偵探小說吧！

親子天下閱讀頻道總監／張淑瓊

閱讀也要均衡一下

為什麼為什麼要讀偵探小說呢？偵探小說是一種非常特別的寫作類型，臺灣這幾年奇幻文學大發燒，類似的故事滿坑滿谷；除了奇幻故事之外，童話或是寫實故事也是創作和閱讀的大宗。偵探和冒險類型的小說相對而言就小眾多了。不過，偵探小說在全世界可是佔有很大的出版比例，光是看這兩年一波波福爾摩斯熱潮，從出版、電視影集到電影，就知道偵探小說的魅力有多大了。

但在少兒閱讀的領域中，我們還是習慣讀寫實小說或奇幻文學為主，畢竟考試當前，升學掛帥，能撥出時間讀點課外讀物就挺難得了，在閱讀題材的選擇上，通常就會以市面上出版量大的、得獎的、有名的讀物爲主。殊不知，偵探故事是少兒最適合閱讀的類型，因爲它不只是一種文學，更是兼顧閱讀和多元能力養成的超優選素材。

成長能力一次到位

偵探小說是一種綜合多元的閱讀類型。好的偵探故事結合了故事應該有的精采結構、主角們在不疑之處有疑的好奇心和合理的懷疑態度，還有持續追蹤線索過程中的耐心與熱情，解答問題過程中資料的蒐集解讀、推理判斷能力的訓練，遇到難處或危險時需要的勇氣和冒險精神、機智和靈巧，還有和同伴一起團隊合作的學習，和面對彼此性格態度不同時的衝突調解和忍耐體諒。這些全部匯集在偵探小說的閱讀中，厲害吧！

閱讀偵探故事，可以讓孩子在潛移默化中培養好奇心、觀察力、推理邏輯訓練、資料蒐集能力、團隊合作的精神、人際互動的態度……等等。這麼優質的閱讀素材，怎麼能在孩子的閱讀書單中缺席呢！這就是爲什麼我們一直希望能出版一套給少兒讀的偵探小說系列。

閱讀大國的偵探啓蒙書

去年我們在法蘭克福書展撈寶，鎖定了這套德國暢銷三百五十萬冊、全球售出多國版權的【三個問號偵探團】系列。我們發現臺灣已經有了法國的「亞森羅蘋」、英國的「福爾摩斯」，還有我們出版的瑞典的「大偵探卡萊」，現在我們找到以自律、嚴謹聞名的閱讀大國德國所出版的「三個問號偵探團」，我們希望讓臺灣的讀者們也可以和所有的德國孩子一樣享讀這套「偵探啓蒙書」。跟著三個問號偵探團一樣，隨時準備好所有行動需要的工具，體會「空氣中突然充滿了冒險味道」的滋味，像他們一樣自信的說：「解開疑問就是我們的專長」。我們希望孩子們在安全眞實的閱讀環境中，冒險、推理、偵探、解謎！

推薦文

好文本×好讀者＝享受閱讀思考的樂趣

臺灣讀寫教學研究學會理事長／陳欣希

偵探故事是我最愛的文類之一。此類書籍能帶來「閱讀懸疑情節」和「與書中偵探較勁」的樂趣，但，能否感受到這兩種樂趣會因「文本」和「讀者」而異。以認知心理學的角度來看，「令人感興趣」即表示「大腦注意到並能理解」；容易被大腦注意到的訊息有兩種：新奇和矛盾，讀者愈能主動比對正在閱讀的訊息與過往知識經驗的異同，愈能將文字敘述轉為具體畫面並拼出完整圖像，就愈能享受閱讀思考的樂趣。但，正邁向成熟的小讀者，仍在培養這種自動化思考的能力，於是，文本的影響力就更大了。

了解前述原理，再來看看【三個問號偵探團】，就不難理解這系列書籍能讓人一口氣讀完而忽略長度的原因了。

「對話」，突顯主角們的關係與性格

文中的三位主角就像其他偵探一樣，有著「留意周遭、發現線索、勇於探查」的特質，不一樣的是，多了「合作」。之所以能合作，友誼是主要條件，但另一條件也不可少，即，各有專長。此外，更不一樣的是，這三位主角也會害怕、偶爾也會想退縮，但還是因爲友誼，外加「幽默」，讓他們即使身陷險境，仍能輕鬆以對。要如何感受到三位偵探間的深厚情誼以及各自鮮明的個性特質呢？請留意書中的「對話」！

「情節」，串連故事線引出破案思惟

情節安排常會因字數而有所受限制，或是案件的線索太明顯、眞相呼之欲出，連讀者都能很快的知道事件的原由；或是線索太隱密，讓原本就過於聰明的偵探一眼識破，而一頭霧水的讀者只能在偵探解說時才恍然大悟。這系列書籍則兼顧了兩者。書中的數個情節，看似無關，但卻有條細線串連著。只要讀者留意一些看似突兀的插曲，留意加入故事的新人物，其實不難發現這條細線，更能理解主角們解決案件的思惟。

【三個問號偵探團】這系列書籍所提到的議題，是十歲小孩所關切的。再加上文字描述能讓讀者理解主角們的性格與關係，讓讀者有跡可尋而拼湊事情的全貌。簡言之，對十歲小孩來說，此類故事即能帶來前述「閱讀懸疑情節」和「與書中偵探較勁」的雙重樂趣。對了，想與書中偵探較勁嗎？可試試下列的閱讀方法：

閱讀中

根據文類和書名以形成假設

（我知道偵探故事有哪些特色，再看到書名，我猜這本書的內容是什麼？）

← 尋找線索以形成更細緻的假設

（我注意到作者安排另一個角色或某個事件，可能與故事發展有關……）

（我注意到的線索、形成的假設，與書中偵探的發現有何異同？）

← 帶著假設繼續閱讀

← 連結線索以檢視假設

（哪些線索我比書中偵探更早注意到？哪些線索是我沒留意到？是否回頭重讀故事內容？）

推薦文

【三個問號偵探團】＝偵探動腦＋冒險刺激＋幻想創意

閱讀推廣人、《從讀到寫》作者／林怡辰

「老師，你這套書很好看喔！我在圖書館有借過！」、「我覺得這集最好看，老師這本你可以借我嗎？」自從桌上放了全套的【三個問號偵探團】，已經好幾個孩子過來「關注」：刺激、有趣、好看、一本接一本停不下來。都是他們的評語。

是的，【三個問號偵探團】就是一套放在書架上，就可輕易呼喚孩子翻開的中長篇偵探故事，每一本書都是一個驚險刺激的事件，場景從動物園、恐龍島、幽靈鐘、鯊魚島、古老帝國、外星人……光看書名，就覺得冒險刺激的旅程就要出發，隨著旅程探險，案件隨時就要登場！

故事裡三個小偵探，都是和讀者年齡相仿的孩子，十歲左右的年齡，帶著小熊軟糖、到達祕密基地，彼此相助和腦力激盪；勇氣是標準配備，細心觀察和思考是破案關鍵；好奇加上團隊合作，搭配上孩子最愛動物園綁架、恐龍蛋的復育、海盜、幽魂鬼怪神祕、幽靈船的膽戰心驚、陰謀等關鍵字。無怪乎，這套德國出版的偵探系列，一路暢銷、至今不墜，也輕易擄獲眾多國家孩子的心。

最值得一談的是，在書中三個小主角身上，當孩子閱讀他們的心裡的話、思考的模式：正面、善良、溫柔、正義；雖有掙扎，但總是一路向陽。讀著讀著，正向的成長性思維和不畏艱難的底蘊，輕鬆遷移到孩子大腦。

而且，這套偵探書籍和其他偵探系列的最大不同，除了場景都有豐富的冒險元素外，敘述和文字掌控力極佳，翻開書頁彷彿看見一幕幕畫面跳躍過眼簾，細節顏色情感，讀來感嘆萬千。不只偵探的謎底和邏輯，文學的情感和思考、情緒和投入，更是做了精采的示範！

在細緻的畫面中，從文字裡抽絲剝繭，一下子被主角逗笑、一下子就緊張的捏緊了拳頭。理解、整合、思考、歸納、分析，文字量適合剛跳進橋梁書的小讀者，當成偵探小說的第一次接觸。在享受文字帶來的冒險空氣裡、抓緊了書頁，靈魂跳進了迷幻多彩的偵探世界，大腦不禁快速運轉，在小偵探公布謎底前，捨不得翻到答案：「解開疑問就是我們的專長！」怎麼可以輸給三個問號偵探團呢！

就讓孩子一起乘著書頁，成爲三個問號偵探團的第四號成員，讓孩子靈魂一起在文字裡探索、線索中思考、找到細節解謎，享受皺眉困惑、懸疑心跳加速，最後較量著誰能提早解謎，在三個偵探團的迷人偵探世界翱翔吧！

推薦文

值得被孩子看見與肯定的偵探好書

彰化縣立田中高中國中部教師／葉奕緯

在破舊鐵道旁的壺狀水塔上，一面有著白藍紅三個問號的黑色旗幟，隨風搖曳著，而這裡就是少年偵探團：「三個問號」的祕密基地。

開頭便用破題的方式進入事件，讓讀者隨著主角的視角體驗少年的日常生活，也在他們推敲謎團並試圖解決的過程中逐漸明白：這是團長佑斯圖的「推理力」，加上鮑伯的「洞察力」以及彼得的「行動力」，三個小夥伴們齊心協力，冒險犯難的故事。

而我們未嘗不也是這樣長大的呢？與兒時玩伴建立神祕堡壘、跟朋友間笑鬧互虧、跟夥伴玩扮家家酒的角色扮演，和大家培養出甘苦與共的革命情感——我們都是佑斯圖，也是鮑伯，更是彼得。

從故事裡不難發現，邏輯推理絕不是名偵探的專利。我們只需要一些對生活的感知力，與一點探索冒險的勇氣，就能擁有解決問題的超能力。

某日漫步街頭，偶然看見攤販店家為了攬客而掛的紅色布條，寫著這樣的宣傳標語：「感謝ＸＸ電視台、ＯＯ新聞台，都沒來採訪喔！」看似自我解嘲的另類行銷，其實也在默默宣告著：「我們沒有強大的外援背書，但我們有被人看見的自信。」

【三個問號偵探團】系列小說，也是如此。

沒有畫著被害人倒地輪廓的命案現場、百思不解的犯案過程，以及天馬行空的破案手法等各式慣見的推理元素，書裡都沒有出現；有的是十歲孩子的純真視角、尋常物件的不凡機關、前後呼應的橋段巧思，以及良善正向的應對態度。

或許不若福爾摩斯、亞森羅蘋、名偵探柯南、金田一等在小說與動漫上的活躍知名，但本書絕對有被人看見的自信，也值得在少年偵探類受到支持與肯定。

我們都將帶著雀躍的心情翻開書頁，也終將漾著滿足的笑容闔上。

來，一起跟著佑斯圖、鮑伯與彼得，在岩灘市冒險吧！

目錄

目錄

人物介紹

藍色問號：彼得．蕭

年齡：十歲

地址：美國岩灘市

我喜歡：游泳、田徑運動、佑斯圖和鮑伯

我不喜歡：替瑪蒂妲嬸嬸打掃、做功課

未來的志願：職業運動員、偵探、活到一百歲

紅色問號：鮑伯・安德魯斯

年齡：十歲

地址：美國岩灘市

我喜歡：聽音樂、看電影、上圖書館、喝可樂

我不喜歡：替瑪蒂妲嬸嬸打掃、蜘蛛

未來的志願：記者、偵探

白色問號：佑斯圖・尤納斯

年齡：十歲

地址：美國岩灘市

我喜歡：吃東西、看書、未解的問題和謎團、破銅爛鐵

我不喜歡：被叫小胖子、替瑪蒂妲嬸嬸打掃

未來的志願：犯罪學家

1

小島看守人

「你說真的嗎，彼得？」鮑伯・安德魯斯瞪大眼睛，驚訝的說：「你是說真正的海盜島？我們要去海盜島當守衛？」

彼得・蕭點點頭。「三個問號偵探團」正在瑪蒂妲嬸嬸家廚房門前的露臺上。瑪蒂妲是佑斯圖的嬸嬸。就在他們把瑪蒂妲嬸嬸最拿手的櫻桃蛋糕吃得精光時，彼得接到爸爸打來的電話。

「沒錯！當然，那不是真的海盜島，可是我爸正在拍的那部電

影，絕對是真正的海盜電影。」彼得說。

三個問號的團長佑斯圖・尤納斯聽了也興奮的跳起來。由於彼得的爸爸是一位電影特效師，所以三個問號常常可以看到不少精采又刺激的東西。但是去看守一座海盜島，還是從未有過的經驗。

「兄弟們，說不定到最後，我們還可以客串幾個角色呢。」佑斯圖興高采烈的呼喊著。「就拿彼得來說，一定可以把骷髏演得很逼真。他瘦得像皮包骨！」

身材體型都比較壯碩的佑斯圖，這時一邊使勁的縮起肚子，用力吸氣，把兩頰往內縮，一邊踮著腳尖，搖晃著兩隻手臂，還把一隻眼睛瞇起來，裝出一副有氣無力的樣子，說：「哈囉！我是彼得・蕭，是鯊魚島的獨眼守衛。沒有人過得了我這一關，不論死人活人都一樣。」

「哈哈，得了吧，佑佑，」彼得忍不住笑了出來，「你省省力氣吧，你永遠都不可能像我這麼苗條健美啦！」

鮑伯聽了也吃吃笑著。「鯊魚島？」他接著問：「鯊魚島！我有沒有聽錯？」

彼得咕噥著說：「我爸可沒提到這件事，佑佑，你怎麼會想到鯊魚島？」

一向很喜歡演戲的佑斯圖・尤納斯，這時立刻又變回那個十歲、愛玩而且營養充足的男孩子。他聳聳肩說：「按照你剛剛的描述：很小、一目了然、離海岸不會太遠……我想，應該只有平姆．保羅的小島才符合。平姆．保羅是加州最有名的海盜之一。」

「說吧，你又是怎麼知道平姆．保羅這個人？」彼得在露臺的最高一個階梯坐了下來，揚著手臂問。

「你問我從哪裡知道？彼得，這還用說嗎，我當然是從書上看來的。」佑斯圖說話的時候，眼睛炯炯發亮。「好吧，我承認，我之前從來沒聽過這座島。但是，據說這個海盜連同他的船——『極光號』，在海岸附近的一座小島上失蹤了。你等我一下！」

佑斯圖飛快的跑向回收場的入口處。入口處的圍欄上，固定了幾張賣舊貨的桌子，上面加了防雨的頂棚。佑斯圖衝到其中一張舊貨桌前，在一堆舊娃娃和塑膠玩具車庫的零件當中翻來翻去。

這座回收場是佑斯圖的叔叔提圖斯．尤納斯舊貨中心」。自從佑斯圖的父母在一場意外事故中喪生後，他便搬來跟叔叔和嬸嬸一起住。現在，這個位於加州沿海小城「岩灘市」的舊貨中心，已經成為佑斯圖心目中最真實且最珍愛的家了。

「找到了！」他邊喊邊得意的從一堆舊雜誌中抽出其中一本。

「你該不會每一本都記得滾瓜爛熟吧？」鮑伯驚訝的問。

「當然不是。而且也沒有必要，因為只要是我看過的書，我都知道放在哪裡。」佑斯圖有些自豪的回答。「這就是『影像記憶』的優點。告訴你們吧，我擁有過目不忘的本事，只要讓我看過一次，就不

會忘記！」

彼得有些不耐煩的打斷佑斯圖，說：「那本雜誌裡寫了些什麼？」

對於自己的聰明才智很有自信的佑斯圖，常常會長篇大論的強調自己高人一等的思考能力，這一點總是讓彼得覺得很厭煩。

「我剛才不是說了嗎？」佑斯圖面不改色的回答。他一邊把雜誌遞給彼得，一邊重複之前的話。他似乎真的把雜誌內容一字不漏的背出來：「鯊魚島和其他幾座島嶼一樣，被視為平姆．保羅最終的藏匿地點。他是十八世紀初

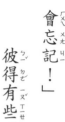

銷聲匿跡的海盜，相傳他把加利菲雅女王的大批寶藏藏了起來。」

彼得聽了頓時發出爆笑聲，說：「加利菲雅女王？佑佑，可惜你這次聰明反被聰明誤了。我剛說的話，你沒注意聽嗎？或許你也該去弄一對『影像耳朵』了！我爸他們拍電影的這座島沒有大到有可以藏寶藏的地方。這座島非常小！而且我們也只能在那裡過一夜，和我爸一起看守器材。由於電影工作人員晚上突然得去好萊塢的攝影棚拍攝，但是他們根本不想拖著那些東西去，所以我爸自願留下來看管一夜，條件是如果他可以邀我們三個作伴。結果，電影公司答應了。」

「可是這個加利菲雅女王是誰啊？」鮑伯很好奇。

佑斯圖聳聳肩。「我也不知道。我相信她是許多海盜尋覓已久的傳說人物，據說在她統治的王國內有一座黃金湖。」

彼得搖搖頭說：「你說的一定不是鯊魚島！更何況如果島上真的有寶藏，也早就被電影工作人員踩爛了。大家都知道，他們去拍片的地方後來都寸草不生。」

鮑伯伸了一下懶腰，說：「是啊，難怪常常聽說『除非想把你的房子變成破屋，否則絕對不要租給電影公司。』反正這個叫做平姆．保羅的海盜，對我們來說也不重要。像這種傳說中的寶藏，已經有一堆人在尋找了。」他對佑斯圖咧嘴笑了笑，「比較重要的是，我們能夠和彼得的爸爸一起度過很棒的週末，可以游泳、潛水。他爸爸一定又會講一些驚險刺激的電影故事給我們聽！說不定還會秀一些電影特效給我們看！」

「我又沒有反對去鯊魚島，我只是突然想到我在雜誌上讀到的東西。」佑斯圖忍不住抗議。

彼得冷笑著說：「是啊，一本五十年前的舊雜誌！根本都是鬼扯。」他啪的一聲把雜誌合上，然後站起來，說：「好了，兄弟們，要答應我爸嗎？我們要去嗎？」

三個問號你看我、我看你，接著回收場上便傳來三人異口同聲高喊著：「要！」他們的聲音大到讓瑪蒂妲嬸嬸不禁從廚房探出頭來，瞧瞧他們在吼些什麼。

她喊道：「櫻桃蛋糕已經吃光了嗎？你們剛才是叫我再拿多一點

出來嗎？」

佑斯圖微笑望著他的嬸嬸，說：「對啊，瑪蒂妲嬸嬸！最好還能讓我們打包一個帶走。因為只要你答應，我們就可以和彼得的爸爸一起在孤島上玩兩天。」

2

鯊魚島

當三個問號抵達鯊魚島時，電影工作人員已經離開了小島。為了歡迎他們來訪，彼得的父親駕駛一艘小汽艇，載著他們沿著海岸邊兜風，還特地環繞小島一圈。

「這座島真的好小。」佑斯圖驚訝的說。他們乘著小汽艇繞了整座島一圈，卻連五分鐘都用不到。

這座小島的形狀有如一顆西洋梨。太平洋的浪潮不斷拍打著其中

一側的小岩岸，那裡到處都是小貝殼。小島中央則有些凸起的小岩塊。這些岩石的右方，就是電影工作人員搭建的海盜村。

「我們要從有貝殼的這一邊上岸嗎？」鮑伯問。

彼得的父親搖搖頭。他解釋：「這一邊的海灘有點危險。不但有邊緣銳利的貝殼，岸邊的岩塊也非常滑、不好走。最近就有一個工作人員在那裡被割傷了。我們會從另一側上岸，也就是這顆梨子頂端比較狹長的部分。」

佑斯圖聽了咯咯笑，說：「我剛剛還在想，要怎麼形容這座島的形狀最好。嗯，的確很像梨子的形狀，不過，你們不覺得看起來也很像骷髏頭嗎？如果小島中央的岩塊區像鼻子的話——雖然一般來說骷髏頭是沒有鼻子的。」

「那就別說像骷髏頭啊，乾脆說這座島看起來像一顆頭不就得了？這樣的形容更貼切。」彼得說。

佑斯圖笑著回應：「我同意，不過骷髏頭和海盜故事非常搭配。」

彼得的父親駕駛汽艇繼續前進。他們離開了貝殼岩岸，接著經過一小片布滿棕櫚樹和青草的樹林，就位於岩塊區附近。

「你們看，我說的一點都沒錯，樣子就像一顆頭！」彼得喊著。

「棕櫚樹林是左眼，海盜村是右眼。」

「前面那片美麗的沙灘像嘴巴，我等一下就想把自己拋進它火燙的烈焰中。」鮑伯開玩笑的補充。

彼得的父親聽了也哈哈大笑。他們不知不覺又繞了小島一圈，到了一片幾近白色的小沙灘。

「我們到了！」彼得的父親喊。「這個村莊只是布景，用的都是非常昂貴的材料，而且裡面還放了很多拍攝電影的設備和特效工具。沒有我跟著，你們不能擅自跑進去，也不能亂摸。前面這片沙灘就是我們睡覺的地方。反正我們有睡袋，而且氣象預報說，今天天氣很不錯。」

在離陸地大約兩百公尺的地方，他讓三個問號拋出船錨，準備靠岸。然後他們登上一艘小橡皮艇，同心協力的划著槳向岸邊前進。

眼前的沙灘真是美麗極了。佑斯圖、彼得和鮑伯把背袋、潛水腳蹼、潛水蛙鏡和所有帶來的東西都留在橡皮艇內，然後一起把小艇拉上岸，免得被海浪沖走。

鮑伯興奮的說：「這種感覺，就好像自己是第一個踏上這座島的人。伯父，您知道為什麼這座島取名叫鯊魚島嗎？」

「這我倒不太清楚，」彼得的父親回答：「像這樣的小島，在以前的時代，如果島嶼的主人不想被打擾的話，就會幫島嶼取個嚇人的名字，目的是為了嚇阻那些不受歡迎的訪客。當然，也可能以前這裡真的有鯊魚出沒過，只不過現在絕對看不到鯊魚了。我們在拍片之前，就已經仔細打聽過了，這座島隸屬於加州——你們也知道，幫所有演員買保險的費用是非常高的。總之，這一帶絕對沒有鯊魚會造成危險，所以你們不必擔心。」

彼得的父親從背袋裡掏出一個全新的飛盤，然後朝向彼得丟去。

「來，孩子們，在船上坐了那麼久，現在運動一下會比較舒服！」

「耶！」佑斯圖放聲笑著。他大喊：「丟得最遠的人，可以第一個吃櫻桃蛋糕！」

鮑伯也在空中揮舞著手臂，歡呼著說：「伯父，謝謝你。謝謝你邀請我們到這座島來，這裡真的是太棒了，整座島都是我們的！」

「我也這麼覺得。」彼得的父親咧嘴笑著說：「歡迎來到鯊魚島！」

3 五花八門的奇招

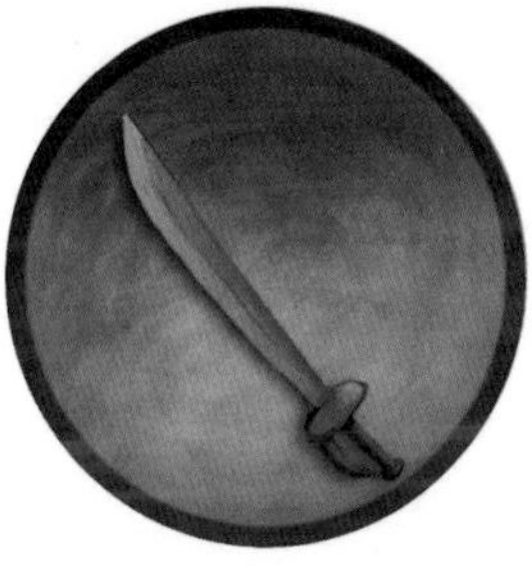

儘管佑斯圖和鮑伯用盡全力丟飛盤，卻還是沒有辦法像彼得丟得那麼遠。就連蕭先生也贏不過自己的兒子。

「彼得，你真有一套！」鮑伯笑著說。連續擲飛盤一個小時之後，他雖然被打敗，但還是很快樂的在沙灘上躺下來。

「沒錯，所以第一塊瑪蒂妲嬸嬸特製的鯊魚島櫻桃蛋糕，就是你的了！」佑斯圖從背包裡拿出一個特大號蛋糕，然後以優雅的姿勢彎腰遞給彼得。

「謝謝！只可惜我沒有海盜的佩劍，」彼得喊著，「不然我就可以把蛋糕切成四半。」

他的父親大笑說：「如果你們想要真的佩劍，海盜村那邊可多了。你們有興趣參觀一下電影布景嗎？」

三個問號立刻興高采烈的一起奔向海盜村。近看之下，只有某些地方看起來像真正的海盜村。其實這裡是用木板搭成的布景，在牆面的背後藏著許多柱子和支撐物。至於小巷道，則是用假石頭鋪成。

彼得的父親解釋：「在電影的結尾，將會有一艘海盜船出現在海上，向這個村子展開攻擊。在這場大戰鬥之後，整座島就會沉入海中……」

「整座島？」鮑比驚訝得叫出聲。「您要怎麼讓島沉入海中？」

「當然用電腦特效啊。」蕭先生笑著說。「就算是我，也沒有辦法真的讓小島沉沒！可是到目前為止，我們還沒有拍攝到戰鬥場面。」

他指著村子旁一根固定在地面的長木桅，桅杆上繫著四條長纜繩。「你們看，這是為了擊劍場景特製的木桅，這四條纜繩可以用來搖晃擺盪，像旋轉木馬一樣。你們看見那邊那堆木板了嗎？」三個問號興致勃勃的轉身望向一大疊木板。「這些木板是用來製造爆炸效果的道具，看起來就好像砲彈把每一塊木板打到開花。你們可以靠近一點看，沒有關係。」

三個好朋友立刻跑向前去。他們仔細一瞧，才看出每一塊木板上都有裂縫，裡面連接著近乎隱形的電線。

佑斯圖不禁驚歎：「想不到設計電影的爆炸場面，竟然這麼費功夫，真是神奇。」

「一切都是基於安全考量。」彼得解釋著。「絕對不能有人受傷。所以全部都是用特效製造出來的假象。也因為這樣，拍電影才會這麼花錢！」

「你們看！這是什麼啊？」鮑伯指著身旁的一面牆，那面牆的外觀看起來像是教堂，牆上還裝了兩面彩色玻璃窗，不過高度卻很低，幾乎快要接近地面。

彼得說：「這是安全玻璃窗，以前都用糖做成，現在改用特製塑料。這一定是有人必須演出從玻璃飛出來的情節。很多電影中看起來好像在高空中發生的情節，其實都是在地面拍攝的。」

「可惜我們不能親自上陣。不然，我真想從這樣的窗戶飛出去看看，那一定很刺激。」佑斯圖喊著。

就在這時候，教堂牆面的正後方突然飄出白色雲霧。一個扭曲而詭異的耳語聲傳出：「原來是這樣啊！你想破窗飛出嗎？好幾百年來，我想的跟你一模一樣。可是我就是辦不到！」

「爸爸？是你嗎？」彼得喊著。

「不是。我是鯊魚島的幽魂。歡迎來到我的小島！等等，我過來找你們！」

突然間，白色雲霧漸漸瀰漫，愈來愈濃密，最後，竟在三個問號眼前形成了一道白色的厚牆。

「你們看那裡！」鮑伯指著教堂牆上其中一面窗戶。玻璃後面突然出現一個高大而黑暗的影子，看起來似乎正在用力推擠玻璃，想要破窗而出。

玻璃發出劇烈聲響，卻沒有碎裂，反而突然向外隆起。不管那個影子如何用力推，都推不破，反而被嘎嘎作響的玻璃包裹著，彷彿變成了第二層皮膚似的。

「唉，我就是沒辦法穿過去！」這個詭異的幽魂發出嘆息。「我被

囚禁在這裡已經好幾百年了，就是逃不出這座教堂！」

接著雲霧散去，那個影子也跟著消失。教堂牆上的玻璃又回復成原本的的形狀，彷彿什麼事都沒有發生。

彼得忍不住拍手讚賞：「哇！爸！這一招有夠厲害！我還以為玻璃會破掉，可是它竟然還能縮回去，這是哪一種橡膠玻璃啊？」

一陣笑聲從教堂牆面的後方傳來，鮑伯迅速望了佑斯圖一眼。身為三個問號團長的佑斯圖也深吸了一口氣。儘管他確定這是蕭先生製作的特效，可是他仍然覺得很詭異。

蕭先生接著微笑現身，他得意的說：「光亮得像玻璃，鏗鏘有聲也像玻璃，作用卻和橡皮一樣。怎麼樣？這個效果很獨特吧？這是我的最新特效道具。連電影工作人員都還不知道呢，你們不可以洩露喔！」

「當然，我是第一次看到這種特效。」佑斯圖佩服得心服口服。

「老實說，那是我花了不少時間做的。」蕭先生接著望向那艘在海面隨著夜浪搖晃的小艇，說：「現在，大家玩夠了吧，你們想吃烤棉花糖？還是比較想吃海釣的鮮魚？」

佑斯圖一臉正經的說：「主餐是棉花糖，餐後甜點是用海盜佩劍切的櫻桃蛋糕。」他指著角落裡堆積如山的海盜佩劍，「我們可是為了這個才來海盜村的呀。」

蕭先生笑著說：「同意！那我們就用這把劍切蛋糕。」

他走向那些佩劍，打算抽出其中一把，可是他卻突然停止動作，一臉錯愕。

「這裡怎麼這麼亂！」他彎下腰，從佩劍當中撿起一個厚厚的紅色塑膠團。「這個怎麼會在這裡？」蕭先生把這團紅色的東西小心放置到另一堆物品上頭，然後才回到三個問號身邊。

他解釋：「這團像黏土的東西，可以用來填補坑洞或缺口，譬如蓋住放炸藥的凹洞。大概是某個粗心大意的工作人員把它丟在這裡，忘了收好。等到需要用時，又讓我找大半天。好吧，我現在也該下班了！我們去吃烤棉花糖吧！」他又放聲笑了。

蕭先生接著提議：「我想，就由你們去小樹林裡撿一些乾燥的落葉和枯枝，我先在沙灘上準備生火的烤架。」

「一言為定！」三個問號高聲歡呼。

4 意想不到的狀況

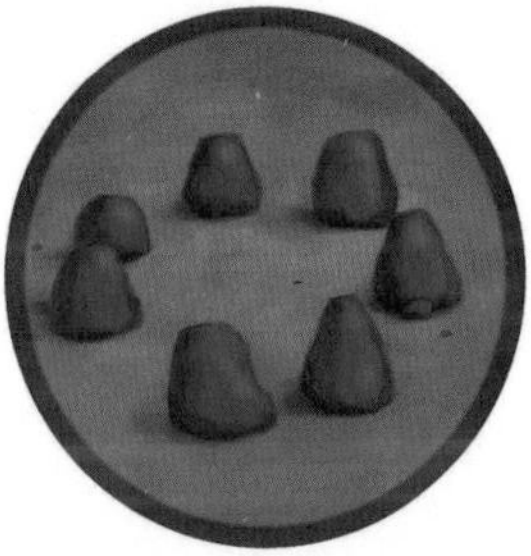

三個問號從沙灘橫跨小島，直奔棕櫚樹林。那個被佑斯圖剛來小島時稱為「鼻子」的小岩塊區，就在小樹林前。

當他們跑到岩塊區時，鮑伯喊著：「這真是一座瘋狂的小島。你們看，這些岩塊幾乎排成一個圓形，而且總共有七個。假如這裡曾經有人類居住，我會猜他們可能曾用這些岩塊造廟。大自然的力量，總是讓人驚奇。」

「誰說這裡以前沒有人住？」佑斯圖問。

「想也知道，在這麼小的島上，不可能有人生存。這裡說不定連飲用水都沒有。」鮑伯回答。

彼得點點頭。「不過也可能有人來過這裡祈禱或者表演舞蹈。這些排成圓圈的岩塊一定不是人造的，因為岩塊很明顯的深陷入地底。無論如何，是真的很漂亮！噢，你們看！」他指著海面上的太陽，正在兩個紅光閃耀的岩石針（註）之間，緩緩下沉。「這裡果然是一個魔幻的地方！」

三個問號驚嘆的注視著夕陽的光芒在岩石之間躍動，而且烙下了長長的影子。

「走吧，我們去問問彼得的爸爸，今晚可不可以在這裡打地鋪。」佑斯圖喊著。「這個岩塊圍成的圓圈，好像是一個房間，又好像是一座碉堡的廳堂。這種難得一見的地方，可不是我們三天兩頭就能常來的。真是太棒了！」

三個問號奔向棕櫚樹林，盡速收集了青草和一些乾枯的棕櫚葉之後，便返回沙灘。

三個問號還沒到達沙灘，彼得就從遠處大喊著：「爸！我們剛剛在岩塊圈那裡……爸？」

三個問號頓時驚訝的停下腳步。放眼望去，小沙灘上已經挖了一個洞，顯然是準備用來生火，可是四處卻不見蕭先生的人影。

「他會不會又躲起來想嚇我們？」鮑伯眨眼笑著說。

彼得搖搖頭。「不會的，你們看他連那包棉花糖都還沒有打開，我爸一向很愛烹調食物。我搞不懂為什麼會這樣！」

彼得沿著沙灘奔跑，他喊著：「爸！如果你在跟我們開玩笑，現在可以結束了。我們肚子很餓！拜託趕快出來吧，我們還有事情要跟你商量！」

「蕭伯伯！」鮑伯也跟著呼叫。「我們想提議今晚不要在沙灘上過夜。拜託您出來吧。」

然而，蕭先生並沒有現身。

「我不懂！他去哪裡了？」彼得害怕的望著四周。

佑斯圖輕捏著下脣思考，說：「他一定在某個地方，說不定他去上廁所時扭傷了腳。不如我們一起搜尋整座小島。」

三個問號把剛撿來的東西丟入那個生營火的坑洞之後，便出發尋找彼得的父親。

他們一邊走一邊大聲呼叫，每一個角落都不放過。他們穿過搭景的海盜村，又走回岩塊圈，找遍了整個棕櫚樹林，最後到另一側那片狹長又光滑的貝殼礁岩。

「他好像從地球上消失了！」彼得害怕的說。「他絕對不會跟我們玩這麼久的捉迷藏。這不像是開玩笑！」

「連一個腳印都找不到。」鮑伯露出擔心的眼神，望著佑斯圖。

佑斯圖若有所思的搖搖頭。他緩緩的開口：「那麼就只有一個合理的結論：你爸爸一定是在我們去撿生火用的材料時，跑去游泳了。我想，我們必須往水裡找。」

註　「岩石針」是和其他岩塊群分離，單獨聳立在海中、通常頂端成尖狀（或下粗上細）的岩石，德文稱為岩石針，又稱岩塔。

5 鯊魚警報

彼得絕望的跑回沙灘，嘴裡喃喃唸著：「再半個小時就天黑了！我們可以划橡皮艇到汽艇那兒，然後，其中一人划著橡皮艇搜尋岸邊，另外兩人開汽艇到比較遠的外圍找。雖然我爸是個游泳高手……」他沒有把話說完，就急忙把橡皮艇內的背袋和其他用具全扔到沙灘上。此時，一個背袋袋口鬆開了，可是彼得完全沒時間理會。

佑斯圖和鮑伯趕緊上前幫忙。當鮑伯彎下腰抓起那個裝著泳褲的背袋時，他的目光落在海面上，突然間他整個人呆住了。

「佑斯圖！彼得！」

「怎麼了？」彼得站起身來。

鮑伯一言不發的指著海面。接著，彼得的臉色發青了。

就在他們和汽艇之間，有一個深色的三角形體露出水面，體積至少有彼得的上半身那麼大，而且快速的在水中游移。

「是一隻鯊魚！而且是巨無霸！假如我爸在水裡，那就沒救了！」彼得喘著氣說。

「冷靜！」鮑伯喊著。「大家都知道，鯊魚不吃人，人類不是牠們的獵物。」

「可是，鯊魚會把人叼進嘴裡，用上顎感覺是不是食物。如果人類亂動，就會被鯊魚尖銳的牙齒割斷動脈，失血而死。那隻到底是什麼大怪獸？我從來沒看過這麼大的魚鰭。佑斯圖，我們必須立刻想出對策！」彼得的聲音充滿恐懼。

佑斯圖的眼睛瞪著海面。他的額頭冒出冷汗，因為他最能夠體會擔憂父母的那種心境，畢竟他在幼時便失去了雙親，儘管他不曾對別人提起，但是他的內心深處卻非常痛苦。現在，他非幫助他的好友不可。可是，該怎麼做呢？

佑斯圖的眼睛掃過沙灘上的所有用具和配備。哪一樣是他現在可以利用的呢？

突然間，佑斯圖喊了出來：「彼得！你爸爸不在海裡。」

他彎下腰，從彼得剛才丟在沙灘的那堆東西裡，抓起了幾樣：那是蕭先生的游泳腳蹼、潛水蛙鏡和背袋。背袋口還露出了一件乾燥的泳褲。「這些就是證據。如果你爸爸是去游泳，就算沒有穿腳蹼、不戴蛙鏡，也絕對不可能不穿泳褲！」

彼得愣住了，他先盯著佑斯圖看，然後又望著海洋。現在，那個三角形的鯊魚鰭已經稍微游遠了一些，正朝著汽艇的方向游去。

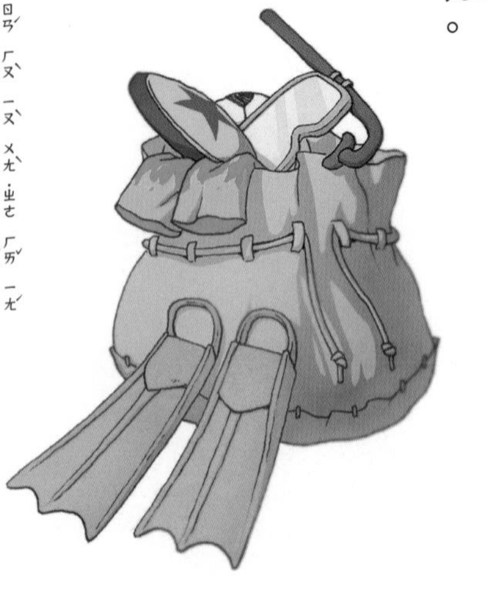

「可是，可是……」彼得突然結結巴巴。「我不懂，到底是怎麼回事？」

「我也不知道。」佑斯圖冷靜的說。「不過，我想，現在的狀況也無法用邏輯解釋。你爸爸失蹤了，我們卻不知道他怎麼失蹤，也不知道他去了哪裡？緊接著海面卻出現鯊魚鰭，而我們之前聽說這一帶根本沒有鯊魚出沒。這個鯊魚鰭恰巧就在我們和汽艇之間游來游去，讓我們無法搭汽艇去外面求救，因為光靠橡皮艇根本無法離開這裡。這一切就發生在這個小島上，這裡放著昂貴的電影拍攝器材，而且由你爸爸負責看管。」佑斯圖停頓下來。他的目光很犀利，臉上清清楚楚反映出偵探的敏銳直覺。

「兄弟們，我認為這個案子撲朔迷離。」佑斯圖緩緩的說。「彼得，我們的第一項任務，就是找出你爸爸失蹤的可能地點，查出他是不是被抓走了。因為他的失蹤，恐怕和出於自願的捉迷藏無關。」

「出於自願的捉迷藏？」彼得有點茫然的看著佑斯圖。每次只要佑斯圖開始用這種難懂的措辭發表言論，就表示三個問號偵探團又有案子得偵察了。彼得忍不住全身繃緊，下巴揚起，在心裡發誓，這次的任務，一定要以迅雷不及掩耳的速度破解！

6 不可能，卻是事實

鮑伯在潮溼的沙灘上畫出這座小島的草圖。三個男孩彎腰圍在一起專心注視。

「還有哪些地方沒有找過？有哪些地方可以排除可疑性？」佑斯圖問。「另外，有沒有人留意到什麼不尋常的動靜？其中有什麼可能的關連嗎？」

彼得首先答腔：「我爸一定不在小島上！他完全不見人影。我們沒有聽到他的聲音，也沒有發現任何足跡。」

「沒錯，除非他在洞穴裡。」鮑伯說。

「我們也沒有看到任何洞穴。」彼得緊接著說。「那個海盜村只是用牆板搭起來的布景，裡面除了一些箱子，什麼都沒有。那七個岩塊的周圍也是一樣。至於棕櫚樹林則太小了，根本沒有藏匿的地方。」

佑斯圖聽了點點頭，說：「這裡也沒有腳印或挖洞的痕跡。所以要藏身只有幾種可能性：汽艇，或一艘我們看不見的船，或者是……一個在水裡的洞穴。」

彼得跳起來大喊：「沒錯！我們怎麼現在才想到？如果我爸被綁架了，就有可能被拖到一艘船裡。謎底揭曉了。」他立刻就想往外衝。

「等一等！」佑斯圖伸手把彼得拉回來。「我原先也是這麼想。可是，大家別忘了下一個問題：有沒有不尋常的動靜？」

「有，那隻鯊魚。」鮑伯不假思索的回答。

「答對了！」佑斯圖捏著下唇繼續說：「鯊魚還在那裡，而且一直在汽艇前面游來游去。我覺得對於一隻鯊魚來說，這種行為很不尋常。因此我的第三個問題就是：關連性。假如在那裡游來游去的是真的鯊魚，那牠到底在做什麼？牠不獵捕食物，也不照著習性繞圈圈，也不繼續往前游動。牠的行為，或者是說牠的『任務』，彷彿是要阻止我們接近汽艇或海面。」

「佑佑！」彼得喊著，「如果從背鰭推斷，這隻動物至少有六公尺長。牠只需要出現，根本什麼都不必做，就能夠讓我們退得遠遠的。」

「況且根本沒有聽說有受過訓練的鯊魚。」鮑伯接著補充。

「當然沒有。可是假的鯊魚鰭可就多了，尤其在電影裡很常見。」佑斯圖露出犀利的眼神，望向他的好友。

「你的意思是，這可能是一隻假鯊魚？」彼得的臉色開始發白。

「我可不想過去檢查。」

「假的鯊魚模型？」鮑伯的嘴角也跟著顫抖。

「沒錯。還有一個疑點。為什麼有人在這裡綁架彼得的爸爸，卻不是為了偷走拍攝電影的器材？這些才是島上唯一有價值的物品，也才可能是竊賊產生不良企圖的原因啊。可是根據目前的狀況，看起來根本不是如此。沒有人碰那些東西，卻出現了一隻可能是假造的鯊魚，目的顯然想把我們留在島上，防止我們求救。」佑斯圖肯定的說。「而且，這個情況又丟給我們另一個問題：彼得，為什麼有人綁架你爸爸？好吧，我也不想一直賣關子，我就直接告訴你們我的推論——彼得的爸爸是電影特效專家，所以很容易推測——這個綁匪需要借用他的能力。」

鮑伯和彼得各自嚥了一口口水。好不容易彼得才開口：「你是指有人押著我爸不放，好讓我爸幫他完成他自己做不到的事嗎？」

「而且就在小島附近的某個地方。因為他還想把我們困在這裡，阻止我們去求救。」鮑伯接著補充。

「我就是這麼想的。」佑斯圖點點頭。「我相信這座島周圍有一個洞穴，入口一定在水裡，而且這個洞穴不單純。這是唯一可能合乎邏輯的推論。我們必須找出這個洞穴。」

彼得望著幾乎已經昏暗的海洋。「聽起來非常合理，佑佑。」他小聲說。「可是假如你搞錯了呢？萬一那隻鯊魚是真的怎麼辦？」

7 獵人與獵物

其他兩人還來不及反應，佑斯圖已經抓起他的泳褲，迅速換上。

彼得跳了起來。「佑佑，等一下！在我們弄清楚這隻鯊魚是真是假之前，你不許隨便跳進水裡。」

「可是我精密的思考能力，已經清楚告訴我，那不是真的鯊魚。」佑斯圖的態度堅決。「而且我們真的沒有時間了！」

但是連鮑伯也強烈反對：「彼得說得對！不論如何，這樣做太冒

險了。如果我們不能百分之百確定……」

「好吧！」佑斯圖舉起手臂，阻止他繼續說下去。「可是如果你們老是在我拿出證據之後，才肯信任我的思考能力，那我們以後做事情都得多花兩三倍的功夫。這樣實在很浪費時間。」

說時遲，那時快，佑斯圖從沙灘上抓起幾顆小石頭，往前踩了幾步到水中，以大弧度的姿勢用力扔向鯊魚。第一顆石頭未中目標，還差了好幾公尺，但是第二顆和第三顆已經相當接近那個深色的三角形。第四顆不偏不倚的擊中魚鰭中央，發出響亮的「咚」一聲。

佑斯圖露出勝利的表情，轉身說：「你們現在看到證據了吧！」

彼得和鮑伯瞠目結舌的望著海面。那個三角形，不管是鯊魚還是魚鰭，完全沒有一點反應，仍舊繼續游來游去，彷彿根本沒被石頭擊中似的。

「這叫做『鐵證如山』。」佑斯圖發出竊笑聲。

「既然你這麼有把握，為什麼不一開始就丟石頭試試看？」鮑伯好奇的問。

「我怕魚鰭可能是金屬製的，被石頭敲中所發出的聲響，一定可以傳遍整座島，尤其是在水中聽得更清楚。」佑斯圖回答。「我可不想打草驚蛇，讓敵人發現

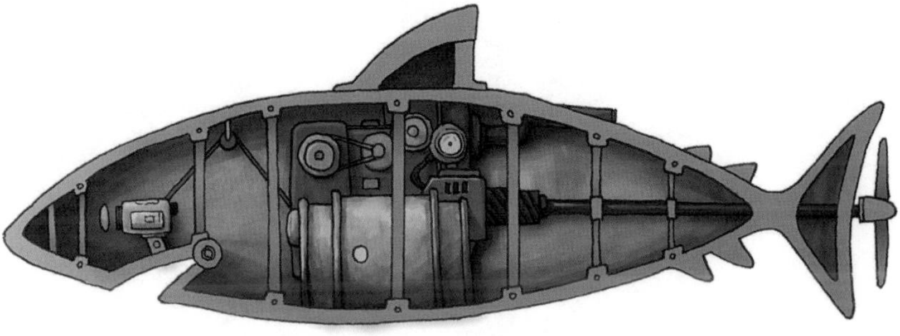

有異狀。」

「是哦，那我們現在算是僥倖逃過了一劫。」彼得有些不悅的說。

「我也這麼覺得。我們還需要幸運之神繼續眷顧我們。因為把我們耍得團團轉的這個人很狡猾。他擁有先進的科技設備，還有一個讓人看不見、彷彿隱形的藏匿地點！」佑斯圖繼續分析。

「但是我們現在也有一項優勢。」正彎下腰拿泳衣的彼得，用堅定的聲音說。

「什麼優勢？」鮑伯也跟著穿上他的泳褲，拿起潛水通氣管、潛水面鏡和腳蹼。

「這個陌生人還不知道，現在他已經從獵人變成了獵物！」彼得語帶憤怒的低聲說。

8 潛水站

三個問號有如三個影子般，無聲無息的溜進了海盜村。

彼得壓低嗓子說：「我之前在這裡看到潛水用的手電筒。我們一定用得到。」

佑斯圖點點頭說：「那我們就帶去吧。但是我們在小島周圍潛水時，先不要使用手電筒。我希望，我們的敵人在自以為很安全的情況下先開燈，這樣一來我們就可以先在水裡找到他。」

「我們也必須留意每一波洋流。只要海裡某處出現洋流湧向小島的現象，那裡就是我們必須仔細尋找的地方。」鮑伯一隻手握著一條繩索，然後把其中一端遞給彼得。「我和彼得各取一端綁住身體。佑佑，你拉住繩子中央。這樣我們就不會失散。」

三個問號跑向海邊。這時的海面風平浪靜，有如一面光滑的鏡子。彼得喊著：「我們先游到貝殼礁岩吧。」

佑斯圖點點頭。「我們必須特別小心。先說好，拉一次繩子，就表示我們有人發現了東西；拉兩次就表示：有危險！好，出發吧！」

三個問號走進水中，把潛水面鏡的內面沾溼之後戴上，接著就滑入了海裡，立刻往深處游去。

明亮的月光，使海中景物輝映出微微光澤。一如往常，在夜裡潛水時，總會遇見閃著綠光、隨著海波轉來轉去的浮游生物。三個問號輕輕擺動著腳蹼，慢慢抵達了小島的後端。水面下的小島地形，突然由這裡直陡而下，海水也變得又深又冷。

佑斯圖設法保持平靜的呼吸。他的直覺告訴他，他們搜尋的方向正確。儘管佑斯圖遇到事情時首先信任自己的邏輯判斷，但是他如偵探般傑出的直覺，更使他與眾不同。

鮑伯和彼得一定也感覺到了，因為他們兩個也像佑斯圖一樣，突然放慢速度、小心翼翼的游著。在他們眼前的水底岩岸非常陡峭深峻，在微弱的月光下，看起來像是光滑的巨大岩石。這塊岩石大約長

二十公尺，到處覆蓋著貝殼，其中還有海藻和一些珊瑚。三個問號沿

著岩石游了一次，可是不管佑斯圖再怎麼仔細瞧，就是找不到任何可能是洞口的線索。這個在水裡看起來又黑暗又冷酷的礁岩，彷彿一面石牆，連周圍也感受不到洋流經過。

繩子被拉了一下。佑斯圖仰起頭看見彼得的手指著上方，顯然彼得想返回水面上和好友們商量事情。於是三個問號浮出了水面。

「比我原本想像的還要深很多。」他們一出水面，鮑伯便小聲說。

佑斯圖點點頭，說：「是啊，小島的一邊這麼平坦，另一邊卻像懸崖般直接切入海中，真的很怪異。」

「一點也沒錯，兄弟們，這就是問題的癥結。」彼得說：「那裡的海底實在太深了，就算我們三個聯手也無法克服。所以我提議，我先單獨試試看。我們三個當中，我最會游泳。自己一個人游泳速度比較快，動作也比較靈活。而且，我帶著繩子，如果有危險，你們可以立刻把我拉上來。」

佑斯圖正想要回答，卻突然被什麼抓住了注意力，心想：剛才那是什麼？好像有什麼東西改變了他的視野。可是到底是什麼呢？他有點困惑的環顧四周，仔細注視。在他的後方，月光照射著平靜無浪的海洋，在他的前方是小島。就在這時候，怪事又發生了。

從貝殼礁岩後方閃出了一道光，短暫而明亮，彷彿有人打開電燈似的，讓佑斯圖大吃一驚。而且幾乎在同一刻，他聽見了低沉的轟隆聲，似乎是從他們的腳底深處發出，有如雷響在水底蕩漾開來，然後輕輕消失在遠方。連鮑伯和彼得也聽見了這個轟隆聲。

「那是什麼聲音？」鮑伯害怕的問。

佑斯圖拉著他的手臂，小聲說：「傳出聲音的地方太深了，沒有氧氣筒，我們根本沒有辦法潛水到那裡。不過我們根本不需要氧氣筒。兄弟們，我擔心的是，我們搜尋小島時忽略了一個『關鍵』。」

9 岩洞門

「那裡剛才有燈光閃爍！而且非常明顯！」佑斯圖指著小島中央的岩塊圈。「那裡！就在打雷之前閃了一下。」

「那裡剛才有什麼東西？」鮑伯輕輕踢著水，驚訝的望著佑斯圖。

彼得說：「可是島上沒有人啊。而且我們也沒有聽到船聲，沒有看到船影。如果真的有人靠近小島，我們早就注意到了。」

這時佑斯圖已經開始往沙灘的方向游回去。他說：「對，如果有

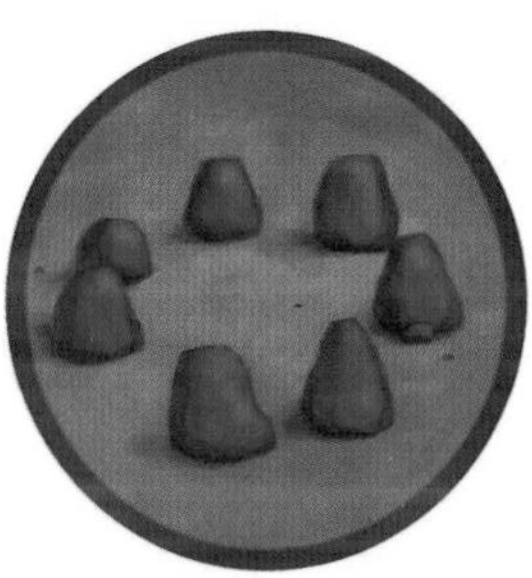

人從島外過來，我們早就發現了。但是情況不是這樣。」

跟在他後面游的彼得說：「等等！那麼一定是有人躲在小島上。可是我們之前就已經排除了這個可能。」

佑斯圖鬱悶的咬著下唇，說：「我知道，可是依據現在的情況看來，我們搞錯了。」

三個問號往岸邊游去，不久就回到了平坦的沙岸。

「那麼這個隱藏在小島上的人會躲在哪裡呢？」鮑伯脫去潛水腳蹼。

「看起來只有一個地方有可能。另外，水底的轟隆聲似乎可以證明，地底下一定有玄機。」佑斯圖迅速擦乾身體，穿上褲子和襪子。

這時，彼得憤怒的盯著好友，說：「你到底有沒有注意過，當你發表高見的時候，你都說『我』；承認錯誤的時候，你卻說『我們』？我非常擔心我爸，我想潛水去尋找那個洞穴，而你卻要我們全部回到岸上。我覺得這是浪費時間！」

相較於彼得的激動，佑斯圖倒是心平氣和，他說：「在水底，你就只能靠你自己；在岸上，我們三個人有伴，而且這裡比較好行動。我相信，這樣可以彌補浪費掉的時間。」

接著，三個問號的團長佑斯圖不等彼得回答，便扛起溼答答的繩索，準備動身。鮑伯和彼得沉默的跟在他後面。三分鐘之後，這三個好朋友已經站在岩塊組成的小圓圈中央了。

「那道光是從下面往上照的。」佑斯圖喃喃自語著。

「這就表示，燈光可能從地底的洞穴照射出來。」鮑伯補充。「可是我們已經全部找過了，沒有可疑的洞穴呀！」

「至少想得到的地方，我們全都找過了。」佑斯圖承認。「可是想不到的地方呢？」

他走向岩塊，然後對著岩塊敲。一點也不意外的是，聲音聽起來低沉又堅實。

「我想，我們可以大膽的打開手電筒，」佑斯圖突然輕聲細語，「與其說我們會被敵方撞見，不如說比較容易被敵方聽到。」

他打開手電筒照向岩塊。「鮑伯、彼得，請仔細查看一下這些石頭。其中一個一定就是！」

「一定就是什麼呀？」彼得說。「請你說清楚一點好嗎，佑佑！」

「門！」佑斯圖喃喃的說著。「被刻意遮蔽的入口、開口，諸如此類。」

「可是這些是岩石！」彼得敲著身邊一個從地上凸出的岩塊。「這麼重，我們當中沒有人搬得動。」

「這裡！」就在這個時候，鮑伯喊著。「佑佑，你要找的東西，我想我已經找到了。這裡有一個移動的痕跡。」

佑斯圖突然激動了起來。「大家小聲點。」他發號施令。「這個痕跡證明岩石可以推動。我真應該早一點想到，這七塊岩石這麼整齊的排在一起，不可能是自然界的傑作。」

他捏著下唇，開始用力搓，邊想邊說：「可是入口的開關是什麼呢？最重要的是，開關在哪裡？」

突然，佑斯圖屏住呼吸，接著深吸一口氣，說：「兄弟們！如果我們仍舊假設，彼得的爸爸被關在地底下，是因為有人需要他提供技術方面的幫助，那也表示這個人對這裡的環境不熟。或許在電影工作團隊出現之前，已經好多年沒有人來這裡了。你們贊同我的話嗎？」

鮑伯和彼得點點頭。

佑斯圖開始微笑。「好，假如其中一個工作人員在這裡有什麼大發現，這個東西應該很顯眼。但是如果他把它隱藏起來了呢？而且用什麼方法藏？或許這個被遮掩起來的入口，可以從外面打開！」

彼得大吃一驚，說：「你是指岩石裡裝有搖桿或類似的開關，可是發現的人把這個開關藏起來？」

佑斯圖點點頭。「還記得今天傍晚你爸在那堆海盜佩劍中發現什麼嗎？」

彼得頓時嘆著氣說：「塑膠團。他說那可以用來填塞凹洞，譬如蓋住放了小炸藥包的洞。」

鮑伯因為心情激動而微微喘著氣，說：「塑膠團的顏色是紅色！和這裡的岩塊一樣紅！」

「沒錯！」佑斯圖已經伸手觸探著岩塊。「你們在岩塊上找一找，是不是有地方摸起來沒有那麼冷硬。我從下面開始找。鮑伯，你找中間。彼得，你盡量拉高身體往上找。」

三個問號開始分頭行動。五分鐘之後，彼得發出小聲的歡呼。

「佑佑，你猜得沒錯！」他興奮的喊著。「這裡果然有一處是軟的。趕快用手電筒照一下吧。」

鮑伯把燈光打在彼得的手上。彼得用力按壓岩石，然後一手伸進石頭中央，拉出一個厚厚的紅色團狀物。在團狀物後頭有一個小洞，而小洞的中央，有一個看起來像木桿的東西。

彼得帶著勝利的目光看著好友們。「芝麻開門！」他一邊輕聲說，一邊拉起木桿。不過片刻，岩石幾乎無聲響的旋轉開來。

10

黑暗階梯

「小心！」彼得一把拉住了佑斯圖，迅速跳到旁邊。

這塊岩石被移動之後，三個問號的腳邊出現了一個坑洞，黑暗的洞內有一道狹窄而破損的階梯，陡斜的直入地底深處。

「我快瘋了，」鮑伯忍不住輕聲耳語著，「這看起來就像古老的祕密通道。」

佑斯圖盯著布滿苔蘚的階梯，說：「真令人驚訝！我沒想到，這麼小的島上竟然有這麼深的通道。原本我還以為是一個小洞而已，完全沒料到是一個通往地底的入口。」

「通往地底的入口？」彼得緊張的喘氣著說。

「這個入口是怎麼來的？」鮑伯思索著。

「我比較想問的是，這個入口通到哪裡？」彼得喃喃說著。眼前黑暗的階梯顯然讓他感到渾身不舒服。「佑佑，你真的認為下面有一個地底世界？」

「我當然不是指地獄之類的世界。」佑斯圖平靜的回答。「可是我很好奇下面藏有什麼東西。想要解開疑問，只有一個方法。」

彼得點點頭。「我知道！就算那裡充滿火焰和硫磺的臭味，只要可以找到我爸，我就必須赴湯蹈火。」

佑斯圖抬起頭，堅定的說：「如果他在下面，我們一定會找到他，幫他脫離險境。我非常確定，一定會找到！」

佑斯圖對著彼得和鮑伯點了點頭，然後說：「我帶頭走，你們準備好手電筒，但是不到最後關頭就千萬不要開燈。還好裡面非常暗，不管是誰躲在那裡，可能還沒發現我們已經找到入口。從現在開始，我們全都保持沉默。因為我們不知道聲音可以傳到多遠！」

三個問號小心翼翼的往階梯走去。這些古老的階梯又窄又滑，他們不只一次非得抵著狹窄的牆壁走，才避免失足摔落。

沒多久，鮑伯已經數了四十級階梯。他輕聲說：「感覺好像會直接通往地心。」

「可是這裡不夠熱，」佑斯圖回答：「相反的，我倒是覺得愈來愈冷。」

佑斯圖說的沒錯。這裡的牆顯然由石頭構成，一開始因為吸收了陽光而溫熱，但是現在卻突然變得又溼又軟。

彼得說：「這些牆摸起來感覺好像是活的，彷彿我們正走進水底怪獸的體內似的。」

「我覺得這些牆比較像是木頭做的，上面長滿了海藻。」佑斯圖說。

「木頭？」鮑伯停住腳步。「小島的底下怎麼會有木頭？洞穴通常是由石頭構成。」

佑斯圖伸出腳觸探著下一級階梯。然而他感覺到那不是階梯，而是硬硬的東西。他大吃一驚的把腳縮回，差一點就忍不住尖叫。

「怎麼了？」鮑伯害怕的喊著。

佑斯圖沉默不語，接著他打開手電筒。

在佑斯圖面前有一個方形的地洞。一棵大樹從洞裡長出來，樹幹就像他一樣寬壯而且磨得非常平滑，一直長到他的頭頂上方。沿著樹幹往方形地洞裡看，樹幹似乎是永無止盡的通往地底深處。

「這是什麼？」彼得喊道。

「看起來像是直接墜入地底深淵的溜滑梯。」鮑伯不安的說。

佑斯圖無助的搖搖頭，黯然的喃喃自語：「而且這個東西看起來像是通往下面的唯一途徑。」

11 逃向深淵

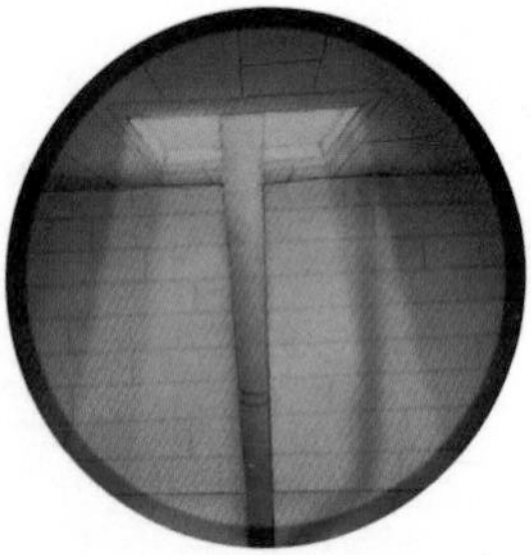

「你們真的要往下溜嗎？」鮑伯有點害怕的望著好友。「我們根本不知道這個東西通到哪裡！而且我很懷疑，我們有辦法再爬上來嗎？」

「我一定做得到。」彼得說。「畢竟這關係到我爸的安全。」

佑斯圖說：「彼得，鮑伯說得對。這棵奇怪的樹太粗了，我們無法像爬杆子那樣再爬上來。」他把繩索從肩膀拿下，然後綁在樹上。

「你們幫忙我一起拉，這個結一定要打得很緊才行！」

三個問號同心協力，打了一個相當牢靠的繩結。現在他們有了一條爬繩，可以做為支撐。

佑斯圖往下看了一眼，提醒大家：「不到緊要關頭，就不要開燈。因為我們不知道，燈光可以傳到多遠！」

「好，我第一個走！」彼得的一腳已經懸在黑洞的上方，他迫不及待要行動了。

「先查看一下四周！如果你聽到聲音或者看到燈光，絕對要保持安靜。如果沒有看見任何東西，我們就自己用手電筒搜尋一下！」佑斯圖指示著。

「好！」彼得拉起繩索，順著這棵粗樹緩緩滑下。

當彼得的頭消失在黑暗中，鮑伯喊著：

「有看到什麼嗎？」

「這個洞很深，還沒有見到底。」彼得的聲音從下面傳來。「可是我好像在室內，至少我的腳可以著地。這裡一點光都沒有，佑佑，用手電筒照一下！」

佑斯圖迅速打開手電筒。過沒幾秒，就聽見彼得輕聲喊著：「太不可思議了！這裡

很像房間，可是我從來沒有見過這樣的地方——這裡到處掛著鍊子！」

「鍊子？」佑斯圖抓起繩索，一邊跟彼得對話：「什麼樣的鍊子？是珍珠項鍊嗎？」

「不，不是珠寶，是又粗又重的鐵鍊。你們一定要下來看看。」彼得回答。

不一會兒，佑斯圖和鮑伯便從上端滑了下來，站在彼得面前。彼得的說法並沒有誇大。在燈光的照射下，三個問號看見一堆粗重的鐵鍊盤繞在整個房間，彷彿一個詭異的迷宮。部分的鐵鍊上還固定著大石頭，有如鐘擺似的懸掛在空中。這些鐵鍊裝置在大滾輪上，一直連接到地板上的小洞內。

鮑伯低聲說：「這裡看起來好像一個超級複雜的鐘錶結構。只不過這一個是特大號的。」

佑斯圖也沉默的看著這個奇怪的機械裝置。然後他小聲的說：「我很納悶現在我們在什麼地方。一棵粗大的樹延伸到地底下，接著出現一個像機器的東西。之前還聽到水底發出奇怪的轟隆聲。這些事情到底有什麼關連？我真想知道。」

然而佑斯圖還來不及思考，三個問號的背後突然傳來一個憤怒的聲音，而且那個聲音以快速接近他們。

「你現在就告訴我這個機器怎麼操作，否則我保證你永遠別想離開這裡！」那個人生氣的大喊。

「可是我是電影特效師，不是採礦工程師。我到底還要解釋多少次？」彼得的父親回答，他聽起來很疲累。

「你什麼都不必解釋！」那個人回答。「你閉嘴，繼續做！否則我就把那三個男孩捉起來，讓他們坐著橡皮艇在海上漂流！」

三個問號嚇了一大跳。佑斯圖馬上說：「關燈！」大家便連忙關掉了手電筒。四周頓時漆黑一片，他們看見遠方有燈光閃爍，而且正直朝他們而來。

「我們必須躲起來。」鮑伯輕聲說。

佑斯圖也在同一時刻下令：「躲到下面的洞裡！這是唯一的辦法！」

12 真相

三個問號以迅雷不及掩耳的速度，不動聲色的抓起爬繩，順著大樹繼續往下滑。所幸這一次他們也只滑了一下就踩到了地面。談話聲變得更靠近了，就在他們的頭頂上方。

那個不明人士說：「蕭先生，我想知道這個機械和寶藏的關連。寶藏一定在底下某處！我發現的日記是這樣寫的。就是這個，你自己讀吧。」

他們隱約聽見輕輕的窸窣聲。接著彼得的父親大聲朗誦著：

「金色是她的容貌！金色是她的身軀！充滿愛意的手用黃金打造了她！最美麗的女王，加利菲雅女王！然而她在沉重的鐵鍊之中安息，在北就是南、南就是北之處。在日出日落的地方。只有在加利菲雅女王擺脫鐵鍊之際，陸地將沉入海底，極光號將出海，她才能重見太陽的金色光芒，世人才能目睹她美麗的容顏！」

蕭先生輕聲笑著說：「不管這是誰寫的，他想必非常愛慕這位女王。」

「我根本不在乎他愛不愛慕女王。」那個不明人士的聲音非常不悅，他低吼著：「我只對黃金感興趣。黃金一定在這裡。因為我在下面找到日記。」

「這是誰寫的日記？」彼得的父親好奇的問。

「你管這麼多幹麼？從那本老舊的日記裡，我只撕了這幾頁。剩下的內容一點也不重要。反正沒有用，而且關你什麼事！你唯一要做的事情，就是讓這個無聊的女王擺脫那些亂七八糟的鐵鍊。剛剛就已經搖晃過一次了，為什麼你不繼續操作？」

彼得的父親嘆著氣說：「剛剛一陣天搖地動，不知道發生了什麼事，我當然要趕快停下來。倒是你為了自己的安全，甚至還打開岩洞門，準備逃出去。」

那個人嘶啞的笑著：「那當然！難道你以為我會讓自己陷入危險

嗎？」

「貪婪又懦弱！」彼得的父親喃喃自語。「好吧，我必須仔細看看這些鐵鍊。在我弄清楚真相之前，我不會碰任何東西。不然，到最後這裡的一切會全部倒塌！」

三個問號聽見腳步聲和說話聲漸漸遠離。當佑斯圖確定只剩他們三個，沒有別人時，他小聲的對著彼得和鮑伯說：「你們聽到了嗎？」他把手中的一枝原子筆又放回褲袋裡，接著說：「果然和寶藏有關。一定是海盜平姆．保羅的寶藏！」

彼得說：「他們說的話，我一個字也沒聽懂——除了設陷阱保護寶藏之外，而且這個陷阱和那些鐵鍊有關。」

鮑伯則說：「我不確定，聽起來根本不像是陷阱，反而好像必須把女王從瘋狂的世界裡解救出來似的。」

「對，**在北就是南、南就是北之處！在日出日落的地方**。不過這是什麼意思？」佑斯圖提出疑問。

彼得渾身發抖，喃喃的說：「我不曉得自己是不是真的想知道答案。我很難相信有這種事情。」

佑斯圖提議：「這樣吧，我們再往上爬回去。」他打開手電筒，小心翼翼的照向四周。

緊接著，他小聲驚呼：「兄弟們，你們看看那個！那裡，在天花板上！」

鮑伯和彼得一起抬頭仰望，他們也看到了。就在他們的頭頂上方的牆板上，固定著一種巨大的轉軸，比他們剛才溜下來的大柱子還要粗，同樣是木頭製成。這些轉軸還包覆著數公尺長的鐵鍊，鐵鍊的尾端消失在一個洞裡。

鮑伯驚訝的說：「這是什麼？我從來沒見過這種東西！」

佑斯圖沒有回答他。他的拇指和食指緊捏著下脣，接著開始用力搓揉。過了一會兒，他突然轉身，帶著迫切的語氣說：「鮑伯！彼得！在我們回到上面之前，我們必須繼續往下搜索。我懷疑下面可能有更重大的祕密！」

13

北就是南，南就是北

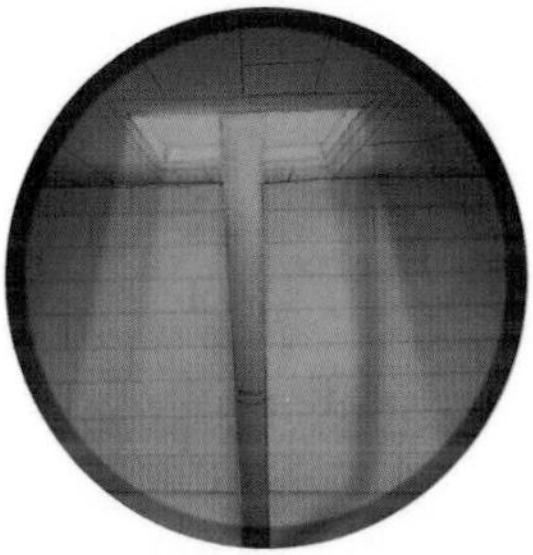

彼得不知所措的盯著佑斯圖。他說：「你還想繼續往下找？為什麼？」

佑斯圖的手指放開了下唇。「假如我的預料正確，我們可以比這個不明人士搶先一步。」

「佑佑，你有什麼計畫？難不成你也想尋找寶藏？」鮑伯若有所思的望著好友。

佑斯圖點點頭。「這是一個可能性。」

「可是等一等，佑佑！這個陌生男子顯然很危險，他還威脅我爸，說要把我們丟到大海上漂流。」彼得反駁。

「那他也得先捉到我們才行啊！」佑斯圖突然露出狡黠的微笑。「而且如果我們先找到寶藏，他就必須乖乖聽我們的話。」

彼得想了一下，才慢慢的點了頭。「好吧，我同意。佑佑，假如我們找到寶藏，我們確實就有勝算，可以讓這個傢伙恢復理智。但是你先告訴我們你的想法。我可不想繼續在黑暗中摸索。」

「我想，你馬上就會明白了。」佑斯圖抓起繩索，沿著大樹幹往下溜。彼得和鮑伯也尾隨在後。

這一次，三個問號又到了一個有天花板和地板的房間，同樣的，上下也各有一個洞讓樹幹穿過。

佑斯圖的腳才剛落地，他便打開手電筒。「如果我猜得沒錯，我們現在必須搜查天花板。」他解釋著：「你們仔細看有沒有奇怪的地方！」佑斯圖拿著手電筒，慢慢的照射著四周。燈光在深色的木頭上遊移著，接著停留在某個深咖啡色的東西上。

「那裡！」鮑伯指著上方。

佑斯圖走到他身邊。「這是什麼？」三個問號的團長用手電筒仔細的照射這個發現物。

「看起來像大砲！」彼得說。

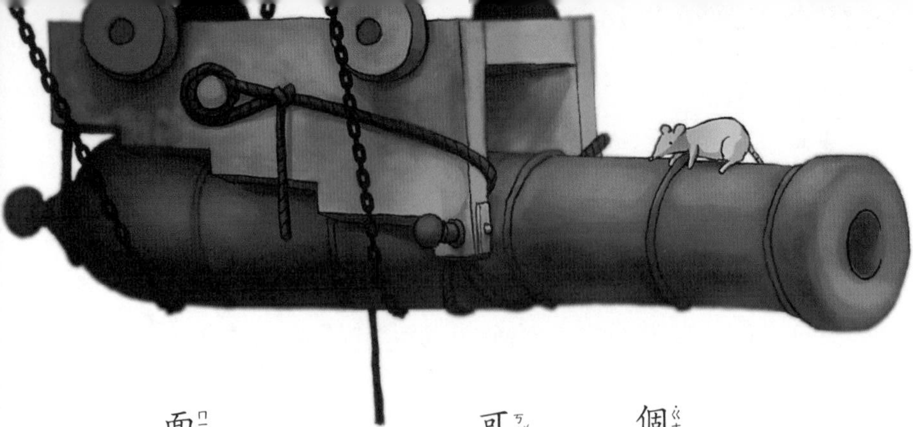

「對，」鮑伯喊著，「可是要做什麼用呢？」

三個問號目不轉睛的望著這個東西。天花板上果然掛著一個小型的鑄鐵大砲，而且被繫在一個四輪朝上的木架裡。

「在北就是南、南就是北之處。」佑斯圖輕聲說著。「這也可以解讀成上就是下、下就是上。」

「什麼？」彼得摸著額頭，一副無法理解的樣子。

「你是指在這個房間裡，所有東西都設置在上方？」

「很明顯。」鮑伯說。「這個帶著車輪的大砲就是立在上面。」

「不是立在上面，是被綁在天花板。」佑斯圖說。「如果砲車可以立著不動，那麼這個房間就必須倒過來才對。兄弟們，我想，這可能就是謎底。」他指著中央的大樹說：「你們注意到了嗎？這根樹幹愈往下就愈細。」

鮑伯點點頭。「通常比較細的部分是在樹的頂端。」

「沒錯，這樣推論下來，我們所在的地方，應該是一個上下顛倒的世界。」佑斯圖說。

「可是為什麼？」彼得喊著。「為什麼有人這麼反常，把古老的大砲倒掛在天花板上，把爬杆倒過來立著？」

「我不認為有人刻意把這些東西反過來安裝。」佑斯圖說。「我倒覺得，我們處於一個倒立的空間。」

「那這個空間是什麼？」鮑伯一臉錯愕的問。

「就是作者在日記裡提到的『極光號』。」佑斯圖說。「極光號就是平姆．保羅的海盜船。兄弟們，我相信我們就在這艘船的船艙裡。我們剛才看見的應該是起錨機！只是它被固定在天花板，而不是在地板上。不論如何，我相信極光號是倒立著。而我們一直沿著溜下來的大柱子，極有可能不是大樹或者爬杆，而是船桅！」

14

平姆・保羅的祕密

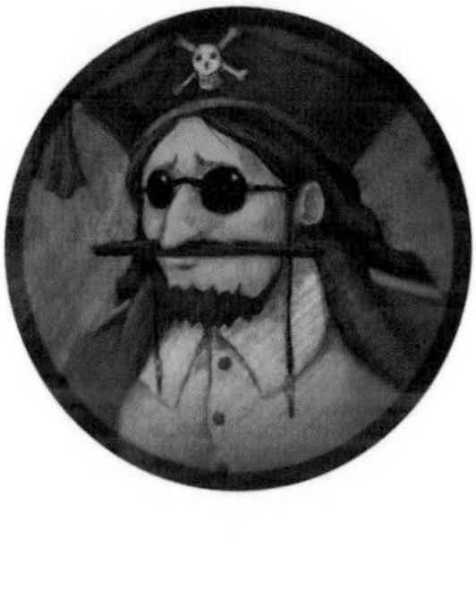

彼得瞪大著眼睛盯著那根圓柱形的大樹。「海盜船的船桅？可是為什麼一艘船會倒立著呢？這太荒謬了！」

「我也不知道。」佑斯圖坦白的說。「或許是翻船了之後就一直保持這樣。」

「我不相信，」鮑伯說：「第一，如果是翻船，船早就瓦解了。第二，這和我們之前聽到的那首詩謎一點也不相符。寫詩的人提到女

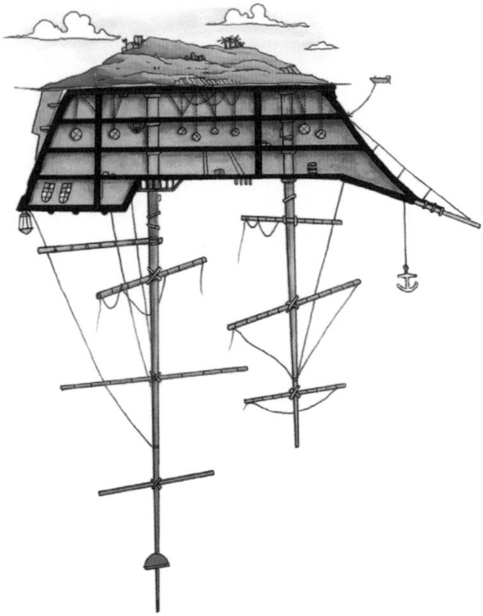

王置身鐵鍊之中，只有極光號出現，她才能重見太陽的光芒。聽起來好像是故意把女王困在鐵鍊裡似的。」

「你是指，這是一種精心策劃的藏寶方式？」佑斯圖一邊說，一邊點頭贊同，

「鮑伯，你說得對，這個推論真是太妙了。我自己早該想到。」

彼得看著兩位好友，說：「可是這一定也表示，有方法可以讓女王擺脫鐵鍊的束縛，對吧？」

佑斯圖以充滿信心的語氣，笑著說：「沒錯！如果我們假設，詩中所指的鐵鍊就是我們之前看到的鐵鍊，那就表示……」他停頓了下來，望著鮑伯。

「那就表示可以把這艘船翻轉回來。」鮑伯完整說出佑斯圖的想法。

佑斯圖的雙手交握，他的臉上露出振奮的神情。「沒錯！**只有在加利菲雅女王擺脫鐵鍊之際，陸地將沉至海底，極光號將出海，她才能重見太陽的金色光芒。**這首撲朔迷離的詩，一定就是這個意思。」

「你會背誦這首詩？可是你只聽過一次而已啊！」彼得困惑的搖搖頭。「雖然你總是說你自己具有影像記憶的能力，可是我從來不知道，只要是你聽過一次的細節，就能牢牢記住，朗朗上口。」

佑斯圖露出狡黠的微笑，說：「並不是這樣。我只不過在聽到這首詩謎時，在我的手背上寫下幾個重點字而已。」

他把手抬起來，鮑伯和彼得認出了一些用原子筆塗寫的字句。

彼得鬆了一口氣說：「佑佑，幸好事實是這樣！假如你也是記憶天才，我真的會受不了。」

「喂，你聽著！」佑斯圖把手放下。「我的才能和本領，豐富了你的偵探生涯，你應該感到高興才對。不過言歸正傳，回到這個案子。現在該問的問題很明確：這個加利菲雅女王是誰？為什麼她是黃金製成的？我們怎樣才能解救她？」

鮑伯興奮的望著好友們，說：「或許還有更多的筆記？那個綁匪說，他只從日記上撕了幾頁。但是如果有人計畫了這一切，就可能還有其他線索。或者在剩下的日記裡還有其他紀錄？」

「那這本日記在哪裡？」彼得無助的問。

「我想是在船長的艙房裡。」佑斯圖猜測。

「那船長的艙房又在哪裡？」彼得喊著。「在這個地方，我連哪裡是上面、哪裡是下面都不知道。」

鮑伯思考了一下，然後說：「假設這艘船真的顛倒了，那麼船長的艙房就應該在非常下面的位置。在這種古老的大帆船上，船長的房間大多是在靠近船尾而且最上層的地方。」

彼得嚥了一下口水，接著問：「也就是說，我們必須繼續往下找？」

「就算是在天涯海角，我們也要解開這個謎團。」佑斯圖喊著。「這麼神祕莫測的案例，我們從來不曾偵辦過！」

「對啊，」彼得嘆著氣說：「但是在海底下一艘不知有多古老的破海盜船裡鑽來鑽去，我總覺得渾身不舒服。」

「彼得，如果有人刻意用這種方式泊船，那麼這艘船一定禁得起長期海水浸泡。所以很安全！」佑斯圖試著讓彼得安心。

彼得緊緊抿著嘴脣，然後說：「佑佑，我當然會參與。畢竟我要救我爸爸。我想現在也該出發了。我們在這下面停留愈久，我就愈感到不安。」

於是三個問號開始行動，沿著有如大樹的船桅繼續往底下滑。每下到另一層船艙，船桅果真愈來愈細。

倒立的船桅並不是唯一能夠證明他們推斷正確的線索。儘管他們經過的房間幾乎空空盪盪，但是有一回，他們也發現了一張被釘在天花板上的椅子。此外，所有的門檻也都在天花板上。

「我覺得自己好像在遊樂場的鬼屋內。」鮑伯說。

「如果你不說出來，我會十分感謝你。」彼得不悅的回答。

終於沒有通道可以繼續往下了，因為在最後一個房間裡，船桅固定在上方的木板，可想而知是從這裡伸到船外。一層厚厚的焦油覆蓋在船桅和木板的接縫處。

「我們現在一定是站在最上層主甲板的內側。」佑斯圖說。「你們看，船桅和木板的接縫經過非常仔細的防透性處理。」

「什麼是防透性處理？」彼得問。

佑斯圖解釋：「就是密封、防水。這整艘船一定經過這種特殊處理，所以防水密氣。」他把耳朵貼近船的牆面，然後說：「我甚至可以聽到大海的聲音。」

「太好了！」彼得拉著佑斯圖和鮑伯說：「繼續走吧！」

三個問號離開船桅，穿過房間，憑著直覺朝著他們認為是船尾的方向走。他們往上爬了好幾扇門，所幸這些倒立的門都不太高。正當他們準備爬越下一扇門時，佑斯圖突然停下來。

「怎麼了？」彼得問。

「在那裡！」佑斯圖拉長身子，用手電筒往斜上方一照，不遠處頓時反射出耀眼的光芒。

「這是什麼東西？」鮑伯好奇的上前注視，接著他卻目瞪口呆。他們顯然找到了船長的艙房。這個房間的天花板鋪著一張光燦華麗的波斯地毯，地毯上牢牢固定著一張非常古老的書桌，桌面朝下。中間的抽屜敞開著。除此之外，這個船長艙房內就沒有任何東西了，只有地毯周圍的船板沾著像是顏料的斑點。

整個室內發出閃爍的光芒，讓人有彷彿置身水族館的錯覺，只不過這裡更燦爛、更五彩繽紛。

「兄弟們！」鮑伯不禁脫口而出：「這實在太讓人難以置信了！」

佑斯圖一言不發的點點頭，表示同意。

艙房後段的整面牆上，鑲著一面大型彩繪玻璃窗，滿室的光芒便是源自於此。在令人困惑不解的圖案之中發出金色與藍色的光輝。此外，玻璃窗內還鑲嵌著許多彩色圓點，後方海洋的波動隱約若現。

「真的很漂亮！」彼得看得出神，喃喃說著，似乎忘了自己的恐懼。

「咦，這是什麼？是航海地圖嗎？還是星空圖？」

「不，兄弟們！」佑斯圖突然說：「我相信，這就是女王！」

「可是我沒有看見女王啊。只看到一個彩色窗戶。」鮑伯說。

「沒錯，因為北就是南、南就是北。」佑斯圖指著玻璃說。「你們看看下方顏色較深的部分，看起來像奇怪的尖角狀花瓶，上面有金色的球，旁邊還有像海藻般的東西飄揚著。我相信這是戴著皇冠的頭。像海藻的東西是頭髮。你們只要把這個圖案反過來看就知道了！」

鮑伯和彼得歪著頭看，接著立即恍然大悟。在這面巨大的玻璃窗上，果真可以看出一個人形，只不過這個圖像倒立著。一旦明白了這個奧祕，就很容易辨識。一個身穿寬袍、頭戴皇冠且長髮飄逸的高大女子，站在藍色玻璃繪成的海洋中央，背後彩色玻璃片組成的圖案發出閃閃動人的光澤。女王顯得如此光燦奪目，彷彿是由純金打造而成。

「加利菲雅女王，」佑斯圖神情陶醉的說：「**金色是她的容貌！金**

色是她的身軀！充滿愛意的手用黃金打造了她！最美麗的女王，加利菲雅女王！現在我們還必須想辦法解讀出這一切的意義。」

佑斯圖爬進了艙門，鮑伯和彼得緊跟在他後面。

突然間，鮑伯彎下身，喊了一聲：「喂，你們看，這裡真的有一本日記。」

就在敞開的抽屜正下方，一本厚重、外面以真皮裝訂的書放在地上。鮑伯拿起這本沉重的皮製日記。封皮上有著「平姆．保羅」的燙金字體。

鮑伯打開日記，仔細看著第一頁，然後開始翻閱。但是接下來的幾頁已經被撕掉了。當他見到之後出現的那一頁時，他露出失望的眼神看著好友們。

15 掉入陷阱

「怎麼了？」彼得急切的問。

佑斯圖也望著鮑伯說：「是文字看不懂嗎？古老的手寫字體，有時候真的很難理解。」

但是鮑伯搖搖頭。「第一頁寫著……」他翻回第一頁，然後朗讀著：「這本書屬於平姆·保羅，用以紀念他的女王加利菲雅，完成於公元一七二九年。」

接著他解釋：「公元『Anno domini』是拉丁文，表示『主的生年』(註)。可是在這一頁之後，就只有一些圖畫和幾個單字、數字而已。」

「什麼？」佑斯圖彎腰更靠近一些，說：「這看起來好像畫家的素描簿。」

「畫家？我以為和寶藏、黃金、鑽石有關。我愈來愈搞不懂了。」彼得喊著。

「等一下！」佑斯圖用手指著其中一個素描。「這不是和玻璃上的圖像一模一樣嗎？」

鮑伯點點頭，「沒錯，是這個高大的人形。」

「那又怎麼樣？」彼得說。「或許這個海盜船長閒來無事，就把玻璃窗上的圖案畫了下來。」

「或許吧，」佑斯圖說：「可是你看，這上面寫著『皇冠』和『兩百顆』。」

佑斯圖走近厚實的玻璃，接著用手電筒照射。然後他用一根手指按著玻璃上的皇冠，來回的搓磨。突然他轉身說：「兄弟們，假如情況正好相反，先有素描，才有這片玻璃呢？」

鮑伯吸了一口氣，說：「你的意思是……這個海盜是畫家？嗯，這說明了為什麼會有素描。」

佑斯圖點點頭，說：「對，你們仔細看一下玻璃。像黃金一般的顏色，還有琢磨過的寶石構成了波浪圖案……」

「佑佑，這個推測實在太妙了。沒錯，這個海盜是藝術家！」鮑伯驚訝的說。

「然後呢？這有什麼特別嗎？」彼得問。

佑斯圖微笑著說：「很簡單。平姆．保羅並沒有把發掘的寶藏藏起來，反而將它融合在這片玻璃的圖案裡。『兩百顆』一定代表著金塊的數量。他把這些金塊熔化之後，當作顏料使用！這也說明了為什麼從來沒有人發現他的寶藏。」

「而且也解開了這首詩的謎團。」彼得說。

就在這一刻，三個問號的背後傳出一個聲音：「一點也沒錯！」

接著有人爆發出如雷般的笑聲，說：「我一直感覺船上有不速之客，現在證明我的直覺是正確的。」

三個問號急忙轉身。他們面前站著一個目光兇惡的年輕男子。

他大吼：「揭開這個謎底還真不容易。日記中的那些鬼畫符，我完全沒看懂。所以我只撕下有謎語的那幾頁。」

「你毀壞了珍貴的文獻！」鮑伯憤怒的說。

「那又怎麼樣？我顯然發現了更珍貴的寶藏！」男子語帶諷刺。

「或者說是『你們』發現的，不過又有誰會在乎呢。你們不笨嘛。幸好我及時逮到你們。」

那名男子仔細看著這個玻璃圖像，繼續說：「現在我懂了。**金色是她的容貌！金色是她的身軀！充滿愛意的手用黃金打造了她！**這就表示，這個沉醉愛河的海盜用純金繪製了他所崇拜的女王。他是個藝術家，真令人感動呀！哼，那我們就應該讓這個詩謎的剩餘部分實現！」

佑斯圖望著這個歹徒。「你是指，**陸地將沉至海底，極光號將出**

海，她才能重見太陽的金色光芒？」

「那還用說嗎？只不過，我的臉肯定將露出更閃亮的光芒！」男子陰險的笑著。「負責完成這個工作的人，就是你們的電影特效師。我把他捉起來了。蕭先生非常友善，我就靠他幫我研究鐵鍊機械的祕密了。那確實是一具工程浩大的機械。重量與平衡配重、錨鍊和齒輪實在令人嘆為觀止。這些古時候的船員竟然已經有能力弄出這些東西，真是不可思議。但是我現在得走了！天曉得，這個海盜的構想是不是真的可以實現。你們進行這個實驗時，我先離開這艘船比較安全。只要有你們陷入危險就夠了！」男子說完，轉身準備離去。

「你是誰？」彼得喊著。

男子聳聳肩膀，似乎不在乎把答案告訴他們：「我的任務是測量這座小島，之後在工作室製作電腦動畫。沒想到我的鯊魚攝影儀器發現了這艘船。想不到吧？原本以為測量的目標是小島，結果卻突然變成一艘底部朝天的沉船。」

「然後就在這個危險時刻，大壞蛋還準備離開這艘沉船！」彼得突然憤怒的說。

這個男子看著他，說：「小子，別以為你可以激怒我。你們就給我留在這裡幫忙蕭先生啟動機器。反正他會照顧你們。這段時間內，我就待在你們的汽艇裡。為了避免你們打歪主意，我從蕭先生的特效道具裡拿了一些可以遙控的炸藥，而且已經安裝在這艘船內。你們不要費盡心思去找炸藥。如果你們設法逃走或者敢搗亂我的計畫，我馬上就把這艘船炸得開花——別忘了，你們可沒有救生艇。如果你們乖乖聽我的話，稍後你們就可以在小島上等電影工作團隊回來。」

這個年輕男子帶著警告的眼神看著三個問號，然後爬出艙門。

他們聽見他又大喊：「蕭先生已經在等你們了。」接著他的腳步聲漸漸消失。

註　公元，又稱西元。這裡的「主」指的是耶穌基督，國際上以耶穌基督誕生年為起算的年份，在耶穌出生之前稱「公元前」，耶穌出生後稱「公元後」。

16

北方恢復北方

這個歹徒才剛走，三個問號便聽見彼得的父親喊著：「孩子們，我在這邊。傑克・沃爾夫把我綁在這裡。你們必須幫我解開繩子。」

三個問號盡速爬出了船長的艙房。蕭先生被歹徒用大粗繩綁在一根船桅上。所幸三個問號能夠迅速的鬆開繩索。

「這個傑克・沃爾夫是什麼人？」佑斯圖問。

「一個年輕的電腦專家。」彼得的父親解釋：「為了讓小島爆炸的電影畫面達到逼真的效果，必須先仔細測量小島。我們在進行水底攝影時，老是喜歡用鯊魚攝影器來開玩笑。所以他也用了這個儀器進行測量。我只是不懂他到底在找什麼？」

於是三個問號向他解釋他們在船艙裡的發現。

「可是那些鐵鍊的作用是什麼呢？」鮑伯接著問。

佑斯圖望著蕭先生說：「如果我猜得沒錯，那些鐵鍊會不會是一種機械，可以把這艘船再翻轉過來？」

蕭先生點點頭。「很好，佑斯圖。確實如此。你果真是天資聰穎。」

「我們可以利用這個機械逃出這裡嗎？」鮑伯問。

蕭先生搖搖頭說：「我不知道怎麼逃出這裡。」

「可是我們必須離開這裡，阻止這個壞蛋搶奪女王。」彼得喊著。

「首先我們必須讓機械運轉，」鮑伯說：「否則這個叫傑克的壞蛋會把船炸掉。」

蕭先生安撫他：「放心，雖然他能夠炸出洞來，可是只要我們離炸藥夠遠，就不會有事。在最糟的情況下，我們必須利用杆子做出一個木筏。」

「可是炸藥會殃及這個藝術品。如果失去了這個藝術品，是一種恥辱。」鮑伯很擔心。

蕭先生點點頭說：「我了解。我們現在必須往上爬一小段，然後在那裡讓四個擺錘同時左右晃動。這個方法可以啟動機械。最後這艘船將會翻一個跟斗，回復正立。這個海盜真是神機妙算，他的創意足以媲美義大利畫家李奧納多・達文西！

「我們還注意到這整艘船具有一流的防水密氣功能。」佑斯圖說。「沒有一滴水滲透進來。這個平姆・保羅不愧是專家！」

就在這一刻，他們上方傳來汽艇的引擎聲。隨即傳來傑克的聲音：「你們在下面動作快一點！我給你們五分鐘。如果船沒有翻正，我就引爆蕭先生的炸藥！」他嘶啞的大笑著。

彼得擔心的望著好友們，說：「來，我們開始行動吧！」

佑斯圖微笑著說：「我迫不及待想知道等一下翻船的感覺。等我們啟動了機械，我就告訴你們我想怎麼處置這個壞蛋。彼得，我認為讓你爸爸的一些特效道具好好發揮功能，的確是一件好事！」

三個問號和蕭先生沿著船桅往上爬。在倒數第二層甲板上，蕭先生要三個問號每人負責一條尾端掛著大岩塊的鐵鍊。「數到三，你們就推動擺錘。全部的擺錘必須同時盪向側邊的牆面。」蕭先生自己則把手放在第四個岩塊上。接著他吸了一口氣。

「一、二、三……」

三個問號使盡全力推著自己面前的岩塊。蕭先生也一樣。慢慢的，這些沉重的岩塊開始移動。

「用力！」蕭先生大喊，三個問號也使出所有力氣用力推。

接著蕭先生大喊：「現在退後！你們看到腳下的鐵環嗎？這一定是平姆．保羅船長特地安裝的。只要這艘船開始轉動，你們就要牢牢抓緊鐵環。等到船身翻轉之後，你們會懸掛在天花板，不會受傷！」

這三個好朋友望著彼此。他們沉默的喘著氣，緊張氣氛逐漸蔓延開來，只有沉重的岩塊靜靜的來回搖晃。

接著極光號突然發出輕微的嘆息，聽起來彷彿是一個古老生物在長久沉寂之後的第一次呼吸。那些笨重的石塊搖晃得愈來愈快，接著傳出一個尾音很長的刺耳怪聲，緊跟著是沉重的嘎吱聲，隨後船身開始旋轉。地面緩緩的向一側抬高，接著又以同樣緩慢的速度落下，然後再向另一側抬高。

鮑伯拉著鐵環，緊張的大口吸氣，說：「現在我知道『浪船』這個詞從哪裡來了！」

佑斯圖一言不發的點頭同意，他也同樣拉緊了鐵環。彼得和他的父親則蹲在地面緊抱著鐵環。這時船又開始搖擺，再次發出深沉且嘎吱作響的刺耳聲。緊接著又是一陣轟隆聲。

「發生什麼事了？」鮑伯叫著。

佑斯圖說：「一定是變成小島那部分的船底剛剛脫離了。而且沿岸聚生的貝殼也都脫落了。兄弟們，這真是不可思議！我們見證了有史以來首次徒手操作、把船身翻正的工作！」

彼得痛苦的翻了一下白眼。但是佑斯圖說得一點也沒錯：下一刻極光號便往上揚起，然後以一個大動作翻轉過來。握著鐵環的三個問號頓時在空中旋轉。一會兒之後，原本位於地面的鐵環，變成在頭頂的船板上，而三個問號雙腳向下的掛著。蕭先生也不例外。

佑斯圖望著四周。「這艘船似乎平安的翻正了。」他喊著。

重見天日的極光號果然平靜的浮在海面上。這些沉重的岩塊已經停止擺動，落在地板上。佑斯圖第一個放開了鐵環，並且安全著地。他指著上方說：「我們必須趕快到甲板上，免得那個壞蛋闖出大禍。」

彼得的父親點點頭。接著他望著佑斯圖說：「你真的想到辦法了嗎？」

三個問號的團長微笑著。「伯父，其實這是您想出來的辦法。只要您允許，我將向您說明。因為現在北方已經恢復北方，南方已經恢復南方了，我們不能讓這個叫做傑克·沃爾夫的壞蛋毫髮無傷的離開。唯一的麻煩是，他仍然可以引爆炸藥。所以我們無論如何一定要阻止他！」

17 海盜的骨氣

不久，三個問號便來到了極光號的甲板上，他們眼前出現了令人非常震撼的景象：在這艘古老的帆船甲板上，到處覆蓋著一層又一層的貝殼，原本在其間穿梭的海水，正緩緩流向大海，凸出的船桅也只剩下短短一截。但是除此之外，這艘船仍舊保存良好。現在也可以清楚的看出，整艘船的外牆塗了一層很厚的焦油，使木頭歷久不壞。

可是，鯊魚島只剩下原先的一半了。原本是極光號船身的整座礁

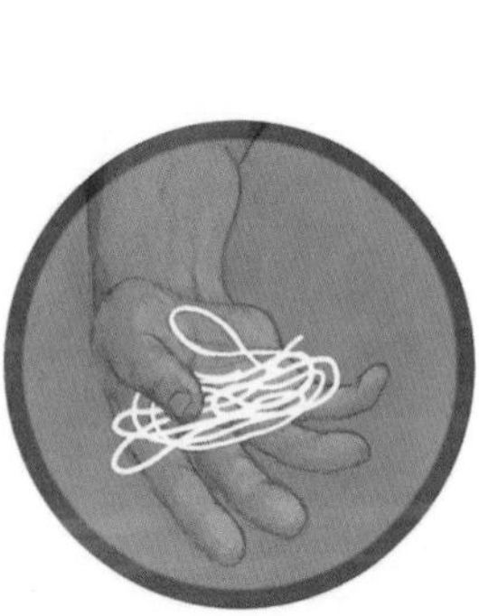

岩，就在船身翻正之後全部消失了，只剩下那一小片棕櫚樹林、狹小的沙地，和布景搭成的海盜村。至於那七個圍成圓圈的岩塊也已經沉入海中。

鮑伯說：「那些岩塊想必是機械的一部分。」

然而，他的好友們還來不及回答，海上的汽艇就已經急馳而來。傑克．沃爾夫站在方向盤旁。在明亮的日光下，三個問號看出這個男子的年紀真的很輕。他有一頭金色短髮，臉上帶著狡猾的笑容。

「哇，你們竟然還活著。」他駕著汽艇一邊繞著極光號，一邊尖聲大叫著。最後在船尾急轉了一個彎，停下來。

他喊著：「太神奇了！這個窗戶真是不得了。純金！閃閃發亮！

你們這些聰明的傢伙知道嗎？這些彩色寶石看起來就像鑽石！這個東西一定價值數百萬。好，你們現在就把它拆下來給我。你們也可以把它打碎。我只要黃金和寶石就夠了。這個無聊的女王像，一點價值都沒有。」

「這個無聊的女王叫做加利菲雅女王，」佑斯圖從甲板上喊著，「順便告訴你，加利福尼亞州就是以她命名的。另外，傑克・沃爾夫，我不認為這個獨一無二的象徵物應該落在你的手裡。」

「廢話少說！你給我閉嘴，照我的話做。難道你忘了，我已經裝了一些可愛的炸藥嗎？就在你的屁股下面。」

佑斯圖鎮定的說：「當然沒忘記，根本沒忘。」

突然間，他舉起一隻手，他的手裡握著一捆看起來像電線尾端的東西。接著他又舉起另一隻手，手裡也握著另一捆相似的東西。

佑斯圖說：「傑克，你知道嗎？我們已經剪斷了炸藥的連接線，而且重新接合。你一定可以想像得到，如果我現在把這兩個電線尾端裝在一起，會發生什麼後果？」

「什麼？你們怎麼做到的？」金髮男子驚愕的瞪著佑斯圖。

「一點也不難，」彼得的父親大喊著：「你的電線裝配得太糟了，所以很容易就搞定了。」

接著，他低頭小聲對彼得和鮑伯說：「但願他不會發覺佑斯圖手上的電線只是鞋帶而已。」

不過這一招似乎發揮了效用。這個壞蛋大吼著說：「可是你們沒有電。只有我的遙控器才有電力！」

「怎麼會沒有？」彼得喊著。接著他把手電筒舉向空中。「我們有三支裝了新電池的手電筒。這就已經夠用了。況且其中兩支已經接上電線了！」

傑克．沃爾夫聽了頓時臉色發白。

佑斯圖說：「對了，傑克，蕭先生很好心，還特地幫你把幾個爆炸裝置直接設在玻璃窗上，這樣一來玻璃就會往外爆碎。俗話說『碎碎（歲歲）』平安，等一下你必須潛水到海底最深處，才能把碎片撈回來。」

傑克突然咆哮著：「你們才不敢這麼做！你們很愛這個庸俗的藝術品，不會毀掉它。你們根本沒這個膽！」

「噢，我們當然敢，炸掉它總比送給一個貪財的混蛋好多了。」鮑伯諷刺的說。

佑斯圖輕聲對大家說：「很好，他馬上會暴跳如雷！接下來是執行這計畫的第二部分。彼得，你必須再一次打擊他的要害，讓他真的動手捉你。你必須把他弄得團團轉，絕對不能讓他想起他的遙控器。我和鮑伯負責那面特效玻璃。記住，只有等到我們拿到遙控器之後，加利菲雅女王才算脫離危險！伯父，您願意幫忙拆除炸藥裝置嗎？」

「我估計，大概需要十分鐘。」彼得的父親喃喃的說。

佑斯圖看了彼得一眼。「好，現在開始行動！」

彼得點點頭，立刻上前對著傑克．沃爾夫大喊：「唉，傑克，看起來你的心血全部白費了。現在你不但得不到寶藏，還會丟了電影拍攝的工作。真是倒楣啊！貪心加上愚蠢的下場就是如此。」

這下子，金髮傑克再也忍不住怒火。他狂吼一聲，一鼓作氣的把汽艇變速桿往前推，汽艇頓時激起泡沫般的浪花、氣勢洶洶的朝著極光號衝過去。「好，你們這些小子，別以為你們可以整到我！」

「唉，傑克，」極光號上的彼得一邊喊著，一邊爬上船側板，「你不只是一個貪財的失敗者，還是一個懦夫。你一定沒膽量跟我一對一決鬥！但是我，彼得．蕭，現在就向你這個膽小鬼提出單挑對決的挑戰。」說完，彼得嚥了一下口水，喃喃自語著：「噢，天啊，希望這樣不會太過火。」

「不會，這樣恰恰好。」佑斯圖說。他也爬上船側板，停在彼得身旁。他俯瞰著小島，他們下方是一片柔軟的沙地。鮑伯則最後一個爬到他的好友們身邊。

彼得用嘲笑的語氣對傑克說：「你根本沒有骨氣，傑克。每一個正牌海盜，都比你這隻軟腳蝦有骨氣一千倍！」

接著三個問號跳上小島的岸邊。

傑克則跟在他們的身後狂追。「我要你們付出代價！」他火冒三丈的咆哮著。

18 好戲上場

汽艇發出低沉的撞擊聲後，停靠在岸邊。三個問號同時開跑。傑克・沃爾夫也許是個懦夫，但他跑得倒很快。他連跨好幾個大步朝向三個問號緊追而來。

鮑伯喘著氣說：「他快追上來了。」

三個問號的團長佑斯圖沉默不語，咬緊牙關的繼續跑著。他的計畫能否成功，完全在於他們能否比傑克搶先一步到達陷阱。佑斯圖往

前看。還有五十公尺……

傑克的呼吸聲，離他們愈來愈近。他喊著：「等著瞧，你們這些小子，我馬上就給你們好看！」

就在緊要關頭，三個問號終於趕到了裝著兩面窗戶的教堂假牆前。鮑伯和佑斯圖奔向那面安全玻璃。

「彼得！就是現在！」佑斯圖喘著氣說。於是彼得往左邊跨了一步，朝著那兩面窗戶衝去。

傑克在他們身後怒吼著：「你們別以為這樣就能阻止我。我很清楚，這只是糖玻璃而已！」他的雙手伸向彼得，「而且我現在就先捉你！」

這時候佑斯圖和鮑伯縱身一躍，有如兩顆砲彈似的奔向第一面窗戶，接著衝破了玻璃。

「太瘋狂了！」佑斯圖狂喊著，彷彿自己從真正的玻璃窗飛破而出，而且毫髮無傷。這個窗戶轟然作響，碎片飛濺，有如彩色的糖果雨灑落在佑斯圖和鮑伯身上，但是一點也不刺痛，感覺起來鈍鈍的，不危險。

現在輪到彼得上場。他大喊：「傑克！你只會吹牛！」他距離第二面玻璃不到兩公尺。突然間，彼得感覺身後傑克的手正要抓住他。**就是現在**！於是彼得以迅雷不及掩耳的速度改變奔跑方向，接著又突然放慢腳步，讓傑克自己繼續直奔第二扇窗戶。

傑克・沃爾夫瞪大了眼睛。可是太遲了。他止不住腳步的衝向教堂的第二扇窗。窗戶上的玻璃不是安全玻璃，而是由高彈性橡膠製成，所以不但沒有碎裂成片，反而發出摩擦聲，有如一層薄皮似的黏在這個壞蛋身上，把他給裹住了。

「這是什麼東西？」傑克咒罵著。

「他困在橡膠裡了！」佑

斯圖喘著氣說。他漸漸恢復了體力，回頭往橡膠玻璃奔去。他和鮑伯合力把傑克捲起來，用盡全力緊抱不放。

這時的傑克看起來就像一根灌好內餡的香腸。接著彼得從他們背後走出來，拿下褲子上的腰帶，輕巧的把他捆緊在橡膠布裡。這個壞蛋在「橡膠香腸」裡一邊掙扎一邊尖叫。

「他的遙控器還在口袋裡。」佑斯圖小聲說。「伯父還沒有拆除炸藥之前，我們不能讓這壞人閒著。開始吧，兄弟們！別讓他沒事做，否則極光號會沉到海底！」

傑克．沃爾夫在橡膠皮內踢來踢去。他大叫著：「放我出來！我要報復你們！」

三個問號竭盡所能的緊緊壓住這個壞蛋。佑斯圖說：「走吧，我們去海盜村擊劍場景的特製木桅那邊。我們把他綁在那裡，然後讓他親自演出個人專屬的海盜電影！」接著他們三人合力把傑克拖到繫著四條纜繩的木桅旁。

就在這時候，蕭先生走了過來。他興奮的揮著手。他的手上拿著一些灰色的團塊。他對著三個問號低聲說：「我已經找到全部的炸藥。極光號現在安全了！」

佑斯圖、彼得和鮑伯欣喜的看著彼此。

「兄弟們，那麼現在就是好戲上演的時刻了！」佑斯圖一邊輕聲說，一邊對著他們腳前的「橡膠香腸」點頭示意。

幾分鐘之後，傑克‧沃爾夫的雙腳被綁在一根粗纜繩上，然後倒掛在空中，像極了一個蝴蝶蛹。

他大叫著：「放我出來！放開我！我要告你們每一個人！」

「這裡為什麼鬧哄哄的？」突然間，一個怪異而扭曲的聲音出現在他耳邊。

傑克沉默下來。「是誰？」他困惑的喊著。「誰在說話？」

有一隻手把覆蓋在他頭部的橡膠皮切開來，其餘原本緊貼的橡膠皮因為空氣進入也稍微鬆開了。然而傑克的鼻子才剛露出來，他就立刻後悔，想要把它縮回去——他的周圍瀰漫著濃霧，在這詭異的雲霧中央，站著一個陰沉沉的形體，又矮又寬，而且狂野蓬亂的頭髮看起來和聞起來都像一捆海藻。那個形體披著一個有骷髏頭圖案的旗幟，它的聲音聽起來又老又粗又啞。

「你在這裡有什麼企圖，旱鴨子？」那個形體問。

傑克吞了吞口水。接著他突然大聲咆哮：「別以為我會上你們的當。這一切都只是把戲而已。無聊的騙術！」

「無聊的騙術？你想搶奪我的女王，下場就是丟到海裡餵鯊魚！」那個形體用非常不悅的口氣說。

「哈！這裡根本沒有鯊魚！」傑克喊著：「況且尋寶是被允許的！我要把你帶去警察局。這是剝奪人身自由的觸法行為。」

那個形體說：「夠了，夠了，你想要我的寶藏嗎？好，我們想要送給你的寶藏就是：銳利的佩刀！因為極光號是我的財產！而我的心願就是我的法律。風是我的上帝，自由是我的王國，大海是我唯一的祖國。傑克，我真替你感到汗顏，假如你像個男子漢一樣奮戰，現在就不會像一條狗似的掛在這裡！」

就在同一刻，吊著傑克的纜繩開始移動，接著有如旋轉木馬一般愈轉愈快，把傑克拋甩在空中。那個形體拔出一把佩刀，抵在傑克的鼻子下方。緊接著又抽出兩把海盜佩劍。「發誓痛改前非吧，否則我就把你丟到海裡餵魚，送你上西天！」這個古怪的形體喊著。

傑克絕望的掙扎著。他喘著氣說：「立刻放我下來！」接著他把眼睛瞇成一條線，露出憤怒的表情。「放我下來，否則我就讓你後悔莫及！」

傑克說完突然從口袋裡掏出遙控器。「你看看我手上的東西。說不定還能引爆。說不定你們根本沒有找到全部的炸藥？怎麼樣，我們就來試試看吧，你們這些小子！」他幸災樂禍的奸笑著。

「小子？」這個披著骷髏頭旗幟的形體用低沉的聲音說：「你這個傢伙好大膽子，竟敢這樣跟我說話！你真的以為，憑你手上的木炭就可以嚇得了我嗎？」

「這不是木炭！」傑克大吼著。「這是引爆炸藥的遙控器。你明明就知道！」

「遙控器，哈，這是什麼爛名稱！」這個形體喊著。「掌握控制權的一直是我。你乾脆吃掉你的木炭，讓你自己快樂一點！」

「夠了！」仍然在空中旋轉的傑克，把他的遙控器抓得更緊，然後壓下了一個按鈕。周圍頓時轟隆作響，讓他幾乎聽不見，也看不到。

「救命啊！」這個金髮傑克大吼著。整個海盜村已經傾垮，一團濃密的煙霧正朝著傑克直撲而來。

「噢噢！」那個看起來像海盜的形體大聲喊著。「就這麼一點迷你小炸彈嗎？憑這個，你就想讓平姆．保羅害怕？你還在包尿布的時候，我就已經玩過大火砲了！這樣一個小人物竟然還敢偷我的女王。想都別想！」這時候，從骷髏頭黑袍的下面滾出了一顆冒煙的鑄鐵大砲，看起來很危險。

傑克舉起雙手抵禦著。「不要，不要，我根本無意把事情鬧這麼大！不管你是誰，原諒我吧！我是個笨蛋，我……」

「太遲了，你這個旱鴨子！」這個海盜形體拉起一條繩子猛然一扯，接著大砲內射出一個紅色的大旗子，旗子上面用鮮黃色的字體寫著「砰」。傑克．沃爾夫驚嚇過度，目瞪口呆的吸了一口氣之後就昏厥了。

從傑克後方的海面上頓時傳來熱烈的鼓掌聲。「太棒了，空前絕後！這場秀實在太精采了！」在漸漸消散的人工雲霧之中，出現了一艘大汽艇，上面是正在拍手喝采的電影工作人員。

導演喊著：「蕭先生，這場歡迎秀實在太棒了！這艘不可思議的帆船是從哪裡來的？小島發生了什麼事？沉沒了嗎？您是怎麼辦到的？原本只是要您看守器材，您卻幫我們找到了一艘海盜船。我們當然要好好利用它來拍電影。剛才的歡迎秀真的很震撼！」

彼得的父親從其中一個布景後方走出來。他剛剛一直躲藏在這裡操作雲霧製造機。

「您好，麥肯先生。」他揮手向導演打招呼，然後指著海盜形體說：「這整個劇情並不是我的構想，而是這三個孩子的傑作！」

麥肯導演轉身看著海盜形體。佑斯圖、彼得和鮑伯把骷髏頭旗幟卸下，挺直了身體。他們三個互看了一會兒，接著鮑伯和彼得向佑斯圖點頭示意。

佑斯圖大聲說：「麥肯先生，遺憾的是，您不能在這艘名叫極光號的帆船上拍電影，因為它是純正的古董。而且船上還有一個藝術家海盜的傑作。他叫平姆．保羅。所以極光號應該歸博物館所有，不屬於電影工作人員。這整艘船是考古學界的驚人發現。」

導演驚訝得下巴都快掉下來了。「這是真正的海盜船？」

鮑伯回答：「是的，而且我們必須提醒您，如果您損壞這艘船，警察一定會找您麻煩的，就像剛才平姆・保羅處罰傑克・沃爾夫一樣。」

「像這種古老的寶藏，絕對不可以被破壞。」彼得補充著。

蕭先生點點頭，說：「麥肯先生，這三個孩子說得有道理。在過去幾個小時裡，鯊魚島上發生了一些事情。可是我們現在不能只顧慮電影的拍攝工作，這個獨一無二的寶藏必須安全的遞交給博物館。」

「我們也已經用無線電通知海岸巡防隊了。」佑斯圖說。

就在這個時候，金髮傑克醒了過來。他呻吟著說：「你們千萬要小心平姆・保羅。他是最可怕的敵人。還有，不要碰他的女王！」他轉了轉眼珠，接著又閉上，再次陷入昏厥。

麥肯導演轉向他的工作團隊，說：「大家聽好，我們把這裡所發生的一切錄下來。這將是非常壯觀的紀錄片。但是誰都不准觸摸任何東西，清楚了嗎？」

「遵命！」電影工作人員回答的聲音很響亮。

三個問號望著彼此。接著佑斯圖說：「這艘船是靈魂，船舵是心臟，而港口是真相！」

鮑伯和彼得對著他露出微笑。他們還欣喜的唱著：「呦呵呵，一瓶滿滿的萊姆酒！」

之後三個問號將海盜佩劍互相交疊，一起舉向空中。在他們背後，加利菲雅女王的肖像正在落日當中發出閃閃動人的金色光芒。

3個問號偵探團——04

鯊魚島

作者｜波里斯・菲佛（Boris Pfeiffer）
繪者｜阿力
譯者｜洪清怡

責任編輯｜呂育修
封面設計｜陳宛昀
行銷企劃｜吳函臻

發行人｜殷允芃
創辦人兼執行長｜何琦瑜
副總經理｜林彥傑
總監｜林欣靜
版權專員｜何晨瑋、黃微真

出版者｜親子天下股份有限公司
地址｜台北市104建國北路一段96號4樓
電話｜（02）2509-2800　傳真｜（02）2509-2462
網址｜www.parenting.com.tw
讀者服務專線｜（02）2662-0332　週一～週五：09:00~17:30
傳真｜（02）2662-6048　客服信箱｜bill@cw.com.tw
法律顧問｜台英國際商務法律事務所・羅明通律師
製版印刷｜中原造像股份有限公司
總經銷｜大和圖書有限公司　電話：（02）8990-2588

出版日期｜2021年2月第二版第一次印行
　　　　　2021年6月第二版第二次印行

定價｜300元
書號｜BKKC0039P
ISBN｜978-957-503-736-9（平裝）

訂購服務——
親子天下Shopping｜shopping.parenting.com.tw
海外・大量訂購｜parenting@cw.com.tw
書香花園｜台北市建國北路二段6巷11號　電話（02）2506-1635
劃撥帳號｜50331356　親子天下股份有限公司

國家圖書館出版品預行編目資料

鯊魚島 / 波里斯.菲佛文 ; 阿力圖 ; 洪清怡譯. -- 第二版. -- 臺北市 : 親子天下股份有限公司, 2021.02
　面 ;　公分. -- (3個問號偵探團 ; 4)
注音版
譯自 : Die drei??? : Kids Insel der Haie
ISBN 978-957-503-736-9(平裝)
875.596　109021125